廻る学園と、先輩と僕

Simple Life

九曜

FB
Famitsu Bunko
ファミ通文庫

口絵・本文イラスト／和遥キナ

廻る学園と、先輩と僕 Simple Life

マワルガクエント、センパイトボク

•Contents•

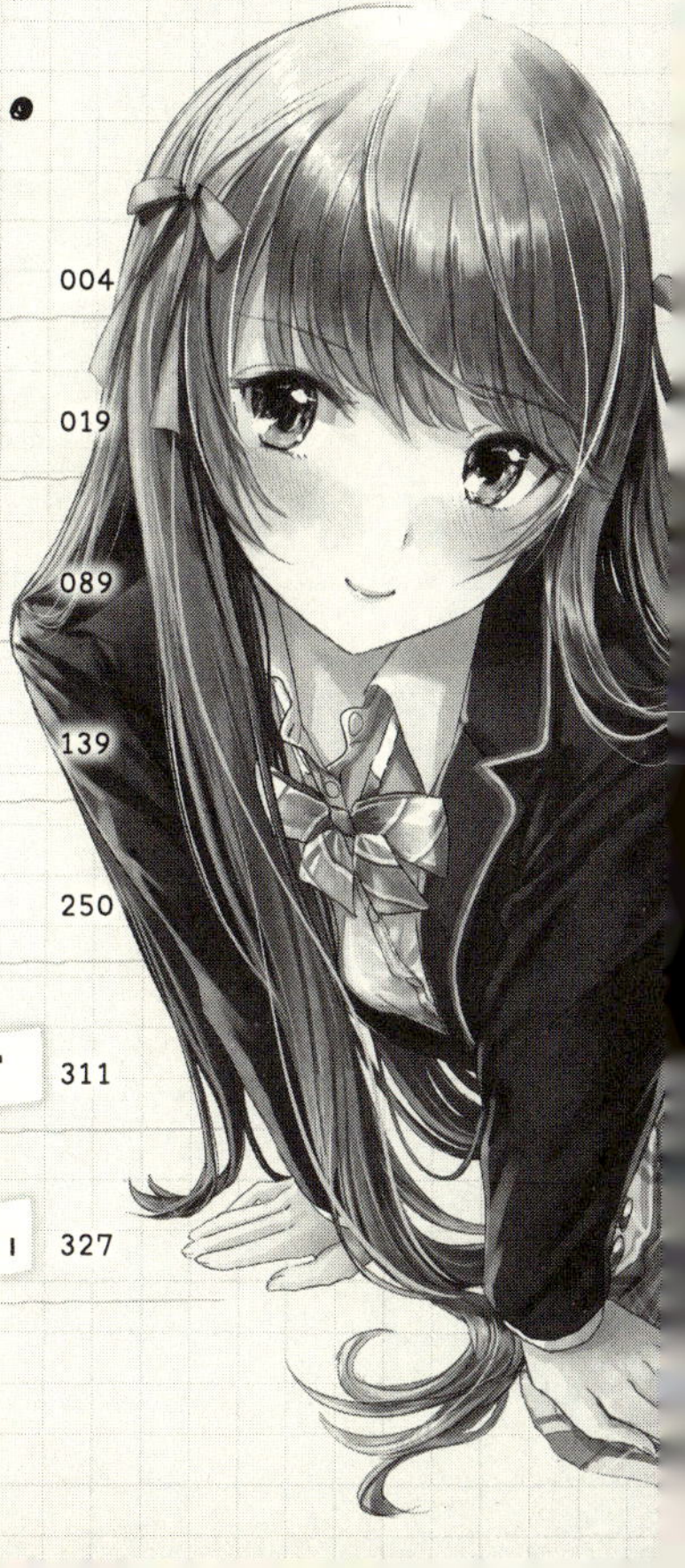

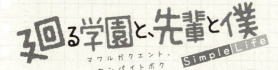

序章

彼のプロローグ、彼女のプロローグ

the school, the senior and I

prologue

1

明日からゴールデンウィークという、そんなある日の昼休みだった。

「なっち、ちょっとつき合えよ」

声をかけてきたのはクラスのトモダチ。

「残念だけど、僕には男と交際するような趣味はないぞ」

「ちげぇよっ」

「そうか、ちがうのか。そりゃ安心した。あと、なっち言うな」

まぁ、ちがうだろうなとは思っていたけど。

「んで、つき合えって、どこにさ?」

「もちろん、美術科だよ。三年の美術科。片瀬《かたせ》先輩を見にいくんだ。前に言っただろ」

何で〝もちろん〟なのかわからないけど。

「そうだな……」

僕は思案する。

片瀬先輩の話は、僕がこの聖嶺《せいれい》学園高校に入学してすぐに耳に入ってきた。『聖嶺一の美少女』だとか、『学園のアイドル』だとか。一部ではそんなふうに呼ばれているらしい。

そんな噂《うわさ》の先輩。

一度見ておくのもいいかもしれない。

「よし。じゃあ、つき合おうか」

思い立ったが吉日、善は急げ、だ。


トモダチと並んで三年十二組の教室を目指す。

その途中、ふたりの体がそれぞれ別の方向を向いて、互いに足を止めた。

「あれ？　こっちじゃないのか？」

僕が行こうとしているのは下り階段。三年の教室が集まっているのは二階下のはずだ。対するトモダチは、廊下をそのまま進もうとしている。その先は別校舎へアクセスする渡り廊下だ。

「体育科と美術科だけは教室が離れてんだよ」

「あ、そうなんだ」

トモダチの説明によると、美術科はその性質上授業で美術室に行く機会が多いし、体育科も体育科で体育館やグラウンドなど、教室外へ出ることが多いから、それぞれ都合のいい場所に配置されているのだそうだ。知らなかった。体育科にも美術科にも知り合いがいないからな。

僕は納得して体の向きを修正した。

渡り廊下を通って別校舎へ移り、階段を降りて——やがて美術科の教室が近づいてくると、トモダチが口を開いた。

「片瀬先輩、いないみたいだな」

「なんでわかるんだ、そんなこと」

「いや、だって、先輩がいたらもっと男子が集まってるはずだからな」

「……」

そいつはすげぇや。

それでもふたりとも、いないならいないでその目で確認しないと気がすまないのか、そのまま三年十二組の教室まで足を進めてしまう。

「やっぱいいねぇな」

トモダチが中を覗《のぞ》いて結論した。

美術科というのは机の数から察するに、ほかのクラスよりも生徒が少ないらしい。そして、いま教室にいるのは机の数の半分ほど。その中に片瀬先輩の姿はないようだ。ちょっと残念。せっかくきたのに。

「ま、仕方ないか」

「んだな」

確かにいないと納得すると、僕らは回れ右をした。

はるばる別校舎まで出かけていったわりには、これといった成果もなく教室への帰路を辿《たど》る。

トモダチは過去に何度か片瀬先輩を見たことがあるらしく、道々その魅力について語ってくれた。説明と表現が壊滅的に稚拙《ちせつ》だから、イマイチ伝わってこなかったけど。

「くっそー。片瀬先輩見たかったなー」

トモダチはよほど残念だったらしい。

「こうなったら代わりに飛鳥井《あすかい》先輩でも見にいくか」

ほかにも目当てがいるのか。そして、お前は何でもいいんかぃ。

開いた口が塞《ふさ》がらず、突っ込む気にすらなれないまま僕は歩き続ける。

すると、その前方に気になる光景が広がっていた。廊下にいる生徒のほとんどが窓際に寄って外を見ているのだ。

ＵＦＯでも飛んでいるのだろうか。

いや、ちがう。その視線は一様に下に向けられていた。下は確か中庭のはず。

「いたっ」

野次馬根性を遺憾《いかん》なく発揮して、いち早く窓の外を確認していたトモダチが叫んだ。

「なっち。いたぞ」

「うるさいな。何がいたんだよ。あと、なっち言うな」

僕も窓際に寄り、外を見る。


そこに、その人は、いた。


中庭の芝生の上に置かれたテーブルを数人の女子生徒が囲み、おしゃべりを楽しんでいる。ただそれだけ。よくある風景。にも拘《かか》わらず、その人が輪の中心にいるとわかる。

僕は彼女を、まるで人形のようだと思った。

小さな輪郭の中に各パーツが丁寧に配置された相貌《そうぼう》。そこには年相応のかわいらしさと、大人っぽさが絶妙のバランスで同居していた。リボンのついた髪は蜂蜜《はちみつ》色。とてもやわらかそうだ。


そう、それが片瀬司《つかさ》だった。

僕が片瀬先輩を見るのはこれが初めて。どれが彼女だと誰にもおしえられていない。それでも僕には彼女が噂の片瀬先輩なのだと、ひと目でわかってしまった。それほど彼女の存在は際立っていた。

僕は衝撃にも似たものを感じて、目を奪われた。

「片瀬さーんっ」

どこかのお調子ものの男子生徒が大声を上げた。それでも片瀬先輩はいやな顔ひとつせず、校舎の窓に向かって手を振って笑顔で応《こた》える。『聖嶺のアイドル』とはよく言ったものだ。これじゃ本当にファンの声援に応えるアイドルだ。

「片瀬先ぱーいっ」

これは僕の横にいるバカの声。

片瀬先輩は先ほどと同じように、今度はこちらに顔を向けて手を振り返した。


そして、その視線が少し横に移り――僕と目が合った。

それはまるで永遠のような一瞬、というのはあまりにもチープな表現だけど、実際に僕はそう感じた。きっと片瀬先輩の大きな瞳《ひとみ》に、吸い込まれるようにして見惚《みと》れていたからだろう。

やがて先輩がおしゃべりに戻り、視線が外れても、僕の心はあの深い色の瞳に囚《とら》われたままだった。

「おい、見たか今の。先輩、俺に手振ってくれたよっ」

トモダチの声に、はっと我に返る。

「……あぁ、そうだな。でも、お前だけに振り返してくれたわけじゃないだろ」

そして、僕もな。

目が合ったことに特別な意味があるわけじゃないだろうし、第一それだって単なる気のせいかもしれない。錯覚は禁物だ。所詮《しょせん》は高嶺《たかね》の花。僕ら一年にとっては、遠くから憧《あこが》れるだけの人なのだから。

「ま、いいじゃねぇかよ。おかげでゴールデンウィークに何かいいことありそうな気もするしな」

「……お前のポジティブさには感心する」

そうか。明日からゴールデンウィークだったたな。僕は友達と遊びにいったり、家の雑事に追われたり。

でもって、休みが明けたら今までと同じ単調な学園生活に戻るのだろうな。まぁ、それくらいのほうが平和でいいのかもしれない。

2

初めてあの子を見たのは四月の中ごろだった。

ある日の昼休み、わたしは遅れている美術の課題を進めるために美術室にいた。教室にはわたし以外にも何人かいる。課題に向き合う子、それにつき合って横でおしゃべりしている子、ここにいる理由はそれぞれだけど。

その教室の中がにわかに騒がしくなった。

どうやら喧騒《けんそう》の原因は窓の外にあるらしい。みんな課題を放り出して窓のほうへ集まっている。いったい何があるというのだろう。

「司も早く早くっ」

クラスメイトが窓のそばで手招きしている。

「なに？　なにかあるの？」

「いま話題の遠矢《とおや》君。一見の価値ありなんだから。ほら、早く」

「はいはい」

仕方なくわたしは絵筆を置いて友人のもとへと向かった。「あそこあそこ」と指さすほうを見ると、見目麗しい眼鏡の知的美少年がグラウンドの端を友達とともに歩いていた。薄紅色のネクタイをしているところを見ると新一年生らしい。

「あの子がどうかしたの？」

「どうかしたのじゃないわよ。今年の新入生の中で一番人気の遠矢君よ？」

みんな叫んで手を振って、まるで街中で芸能人でも見つけたかのようなはしゃぎようだった。

「何それ？　一番人気って？」

「もちろん、三年女子による人気投票の結果よ。あのきれいな顔と落ち着いた雰囲気で堂々一位の座に輝いたの」

彼女は興奮気味に説明する。それはいいのだけど、そんな人気投票に参加した記憶がわたしにないのはどういうことだろう。三年に上がって早々、一日だけ風邪《かぜ》で欠席したことがあったから、もしかしたらそのときにやったのかもしれない。少なくとも期日前投票はなかったようだ。

「ただ残念なことに愛想がないのよね、あの子」

友人は至極残念そうに、ため息まじりでそう付け加えた。

確かにそうらしい。こちらで騒いでいるのに彼はずっと本に目を落としたままだった。まぁ、愛想云々《うんぬん》の問題以前に歩きながら、しかも、横に友達がいるのに本を読んでいるあたり、ある種の奇人変人の部類ではないかとわたしには思える。

「それでね、その横にいるのがナンバー2」

人気投票に参加できなかったわたしに、友人は親切におしえてくれる。

遠矢君と一緒にかわいらしい男の子が歩いていた。まだ背が伸びきっていないのか、遠矢君よりも頭半分くらい低い。目測だけど、たぶんわたしのほうが高そうだ。

「あの子と遠矢君で三年女子の人気を三分してるの」

「ふたりで人気を三分？　どういうこと？　三番目の勢力は何なの？」

「ふたりでワンセット派」

何だか理解を超える世界になってきた——そう思っていると、当人たちが美術室の窓のそばを通り過ぎていった。

会話が少しだけ耳に入ってくる。

「ねえ、遠矢。僕の話、聞いてる？」

「聞いとるし、ちゃんとこうして返事もしとる」

彼は本を読んでばかりいる友人の態度に不満をもらしているようだ。遠矢君の顔を覗き込みながら話しかけたり、前に回って後ろ向きに歩いたりする姿がかわいらしい。遊んでほしくて周りをちょろちょろしてる仔犬《こいぬ》のようだ。

「まぁ、そうなんだけどさ。無視されてるみたいで何かつまんないんだけど」

「知らん。そこまで面倒見きれんわ」

そんな会話をしながらふたりは美術室の外を通り過ぎていった。

なるほど。ふたりをワンセットで見ている子の気持ちが少しだけわかった気がした。

クールな知的美少年とかわいい男の子の二人組。不健全な想像を巡らせるには十分な要素らしい。

「あーあ、行っちゃったか。でも、まぁ、いいもの見たし、はりきって課題を仕上げようっと」

去っていくふたりの後ろ姿を見ながら、友人は残念そうにつぶやいた。

皆、次第に窓から離れ、それぞれの課題へと向き合いはじめる。

わたしはもう一度だけふたりを見た。あの子はどうやら実力行使に出たらしく、遠矢君の腕にしがみつき、ぶら下がっていた。まさしく喰《く》い下がる、である。思わず小さく吹き出してしまう。

（あ、そう言えばあの子、何て名前だったんだろう？）

通り過ぎていくふたりを見ているとき、横で友人が解説してくれていた気もするが、まったく耳に残っていなかった。

まぁ、いいか。

さして気にもせず、わたしも課題へと戻った。

§§§

それから少ししてゴールデンウィーク前日の、これまた昼休みのこと。

その日は天気もよかったので、学生食堂でお昼を食べた後は中庭でクラスメイトとおしゃべりをしていた。

話題は明日からのゴールデンウィークの計画について。

わたしが所属する美術科は一学年にひとクラスしかなく、学年が上がっても顔ぶれは同じ。四月の新学年、新学期らしい新鮮味は欠片《かけら》もない。確か去年もこのメンバーで、連休はあそこに行こうここで遊ぼうと騒いでいたように思う。

「それにしても、毎年この光景を見ると、あぁ新入生が入ったんだなって思うわ」

ひとりがそう言って、ちらと見たのは校舎のほう。その窓に数十人のギャラリィがいた。ほとんどが男子生徒。三階に集中しているのは、みんな新入生だからだろう。

彼らの視線の先は——わたしだ。

確かに去年もこんな感じだったたし、一昨年《おととし》はわたしが新入生だったこともあって、上級生二学年分の生徒が騒いでいてすごく賑《にぎ》やかだった。

「片瀬さーんっ」

ノリがいいのか単にお調子ものなのか、校舎の窓から声が飛んできた。

「ほらほら、司。応えてあげたら」

「はいはい。もぅ……」

面白がるだけの人は気楽でいい。

それでもわたしは、声のしたところを適当に見当をつけ、笑顔で手を振り返した。途端、歓声が上がる。

世間でわたしが何と呼ばれているかは知っている。でも、テレビを点《つ》けたり雑誌のグラビアページを開ければ、もっとかわいい子がごろごろいると思うのだけど。

「片瀬先ぱーいっ」

また、声。

今度は二階のようだ。わたしはそちらに顔を向け、軽く手を上げて応える。

「あ……」

直後、小さく声を上げていた。

わたしに向かって懸命に手を振る生徒の横に、あの子の姿があった。

小柄でかわいい顔立ちの新入生。

彼がじっとこちらを見ていた。

わたしも思わず見つめ返す。

決して近いとは言えない距離。それでもわたしは彼の瞳が誰よりもきれいだと感じ、惹《ひ》きつけられた。

一瞬を無限大にまで引き延ばしたかのような感覚。

或《ある》いは、永遠を刹那《せつな》につめ込んだような錯覚。

断言してもいい。この瞬間、わたしたちは間違いなく見つめ合っていた。

「それでね、司――」

「え？　うん、なに？」

友達の声にはっと我に返り、そちらへと向き直る。話題は再びゴールデンウィークの計画へと戻っていた。わたしも話を合わせる。

そうしながら何気なくもう一度校舎のほうに目をやった。でも、もうそこにはあの子の姿はなかった。

少し、残念に思う。

わたしの心に強く印象づけられた、あのきれいな瞳。またあの瞳に会いたいと、このときのわたしははっきりと思っていた。

第一章　噂の先輩、噂の後輩

the school, the senior and ...

01

1

僕は思い出す。

初めてあの人を見たとき、人形のようにかわいい人だと思ったことを。

彼女をひと言で表すと――万人が認める美少女。

語られる魅力はいくらでもあるが、僕には彼女の大きな目と吸い込まれそうに深い色の瞳《ひとみ》がとても印象的だった。

年相応に明るくてかわいらしく、下級生の僕から見れば少しだけ大人に見える。それが聖嶺一の美少女と噂《うわさ》の先輩――片瀬司《かたせつかさ》だった。

§§§

ゴールデンウィークも過ぎて、ようやく高校生活にも慣れてきた五月のある日の放課後のこと。

「なっちなっち、見ろよ。片瀬先輩が歩いてる」

「なっち言うな」

確かに僕の名は千秋那智《ちあきなち》だが、そんなニックネームを持った覚えはない。

文句を言いながらも掃除当番として視聴覚教室に向かおうとしていた足を止め、トモダチの手招きに誘われて窓の外を見てみる。三階から見下ろした中庭に、片瀬先輩が数人のクラスメイトとともに通り過ぎていく姿があった。きっと同じ学年の中でも人気があるのだろう、先輩はいつも輪の中心にいる。

こうしているといつぞやのことが思い出されるが、あれ以来目が合うようなこともなければ近くで見る機会すらない。あれは僕が先輩の瞳に見入ってしまったことによる錯覚だったのだろう。

「今日もかわいいなあ。……せっかくだから一枚撮っとこ」

そう言ってトモダチは制服のポケットからスマートフォンを取り出した。

「やめとけよ、失礼だろ」

「気にすんな、気づきゃしないよ」

結局、僕の制止の声も聞かず端末を向けはじめる。こうしてだんだんと肖像権に対する意識が薄れていくのだろう。

僕は離れていく片瀬先輩たち一行の姿をぼうっと見送った。

「あーあ、行っちまった」

隣でトモダチが残念そうにつぶやく。

「いいじゃないの、お目にかかれただけでさ」

「だーっ、一度でいいから先輩とお話してぇ。……いっそ思い切って告白《とつげき》するか」

「安心しろ。向こうはお前のことなんか知りもしないから」

「だよなぁ」

と、がっくり肩を落とす。

まぁ、片瀬先輩が驚異的な記憶力を発揮すれば、前に校舎の窓から手を振ってきたお調子者として覚えているかもしれないが。

「よし、じゃあお前いけ」

「何でさ⁉」

「いや、お前ならかわいい系の顔だし。俺より可能性はありそうじゃん？」

顔のことはほっとけ。この童顔と平均値に届かない背は僕のコンプレックスだ。

「『先輩、前から好きでした。つきあってください』って？　僕はそれでＯＫする女の子を信じない」

考えてみたらいい。初めて会う異性に告白されて即ＯＫする人間がいるだろうか？　告白する側は相手を知ってるかもしれないけど、相手にしてみれば初対面。下手《へた》したらストーカー認定だ。もしそれで交際がはじまったとしたら、それは見た目だけで判断した刹那的《せつなてき》な思考の産物か、『実は私も好きでした』という希有《けう》な例だろう。

「それでも月に何人か玉砕《ぎょくさい》する男がいるそうな。……で、本音は？」

「『片瀬先輩、かわいいなぁ。せめてお友達にっ』」

思わずぐっと拳《こぶし》を握り締める。

「……」

「……」

「ま、所詮《しょせん》は高嶺《たかね》の花だけどね」

唐突に冷めた口調で言うと、僕はくるりと踵《きびす》を返して窓から離れた。

「さて、掃除にいってくるよ」

「おう、がんばれ」

背中越しにひらひらと手を振って、教室を出る。

本日は掃除当番。薄情な親友はとっとと帰ってしまったし、僕もやるべきことをやって帰ろう。

「正直、僕も写真の一枚くらいほしいと思うけどね」

担当である視聴覚教室に向かいながら、ひとり言をつぶやく。

ただ、残念なことに、僕は携帯端末の類《たぐい》を持っていなかった。

中学のときでも、すでに周りに持っているやつがけっこういたし、持っていなかった組も卒業式には買ってもらっていた。でも、僕はまだ。持ちたいとは思うけど、そういう贅沢《ぜいたく》は未《いま》だにちょっと言いにくかったりする。

「最近はスマホのカメラも高性能だからさ」

「そうそう高性能……ん？」

ふいに耳に届いてきた声にうっかり相づちを打ってしまい、首を傾《かし》げる。声はどうやらちょうど通りかかったトイレの中からのようだ。思わず足を止める。

「いやいや、スマホはスマホ。やっぱりデジカメでしょ」

「出たな、デジカメ至上主義」

「見ろよ、これ」

「ほほーう。これはこれは。……で、誰？」

「三年のお姉様に決まってるだろ。顔は好みじゃないんだけど、体がいいんだよな」

「確かに」

カメラマニアによる性能談義と作品自慢、だよな？　うん、そう思おう。そう自分を納得させてその場を離れようとしたとき、その声が飛び込んできた。

「三年といえば片瀬さんだよな」

僕は踏み出しかけた足を止めた。

(片瀬？)

聞き覚えのある名前。僕が知ってる片瀬はひとりしかいない。無論、同姓はいくらでもいるだろうから、この会話に出てきている〝片瀬〟が別の片瀬さん(もしくは、片瀬君)を指している可能性もおおいにある。が、そのどちらであれ続きが気になったので、僕は本格的に聞く体勢に入った。

人待ち顔でトイレのそばの壁にもたれ、中からの声に耳を傾ける。

そうしながら辺りを見回してみれば、どうやら会話が聞こえているのはここに立つ僕だけらしい。ものの数歩も離れてしまえば、放課後の喧騒《けんそう》にかき消されるか声自体が届かないかだ。

「でも、ガードが固くてさ」

「そうなんだよな。数々のベストショットを収めてきた俺でさえ、まだ一枚も撮れてないんだぜ」

「そのための今日の撮影会だろ」

「そうだったそうだった」

声の特徴のちがいから、トイレの中にいるのは三人といったところ。

「でも、よく引き受けてくれたな」

「いや、まだ呼び出しただけ。でも、呼び出してしまえば、後はひたすら頼めばいいだけだろ」

「おお、さすが我ら随一の知恵者。策士だな」

はっはっはっ、と勝ち誇ったような笑い声。

「おっと、そろそろ時間だ。我らがモデルを待たせたら悪い。行こうぜ」

そうしてその生徒たちは密談を終えてトイレから出てきた。僕はまるで今きたような顔をして、彼らと入れ違いに中に入る。

「……」

意味もなく洗面台で手を洗いながら、耳では先ほどの生徒たちの足音を拾い、去っていった方向を確認していた。僕の教室とは逆の方向だ。

視線を上げると鏡の中に見慣れた顔があった。しばらく、僕と同じ顔をした鏡の国の住人と見つめ合う。

（〝ベストショット〟に〝撮影会〟、ね……）

カメラや写真を趣味とするなら、どちらもありふれた言葉だろう。にも拘《かか》わらず、どうにも不穏な響きに聞こえて仕方がない。

「んじゃ、いくか」

わざわざ発音してから、僕はトイレを出た。行く先は足音の消えた方向だ。

「問題がふたつほどあるよな」

歩きながら僕は考える。

ひとつは、よからぬことが本当に行われようとしているのかということ。もうひとつは、話に出てきた〝片瀬〟が、あの片瀬先輩なのかということだ。

と、そこで気づく。

「いや、どっちもたいした問題じゃないか」

前者は、僕の考えすぎなら、それはそれでけっこう。そして後者は、それこそ些末《さまつ》な問題と言える。そこに卑劣《ひれつ》な罠《わな》にかけられそうな人間がいるのなら、知り合いかそうでないかなんて関係はない。

「それよりも姿を見失ったことのほうが重大か。僕、そもそも連中の顔をちゃんと見てないんだよな」

そう、僕は追跡すべき目標を見失うという、非常に致命的なミスを犯していた。

(そう言えば、呼び出すとかどうとか言ってたな)

頭の回転数を上げる。

普通に考えて、女の子が一対三の呼び出しに応じるとは思えない。ならば一対一か、或《あ》るいは、そう思わせる必要がある。どうやって呼び出せばいい？　ちょうどいい具合に、片瀬先輩にとっては半ば日常と化したイベントがあるじゃないか。……そう、告白だ。場所は？　この聖嶺《せいれい》学園ではどこがメジャーだ？

「……確か体育館裏、だったかな？」

そう思い至って、ひとまずの目的地を得た。

僕は靴を履き替えて校舎から出る。大股《おおまた》で体育館へと向かい、着いたら今度は慎重に裏手へと回る。

「お願いします！」

建物に沿って次の角を曲がろうとしたとき、そんな声が聞こえてきた。僕はそっと様子を窺《うかが》う。

と、そこには片瀬先輩と、土下座《どげざ》せんばかりの勢いで頭を下げる三人の男子生徒の姿があった。……実に拍子抜けするシーンだった。どうやら本当に個人的にモデルをお願いしているようだ。

「ごめんなさい。そういうのは苦手なの」

片瀬先輩もやや呆《あき》れ気味。

「ほかの子に頼んでくれる？」

続けてそう言うと先輩は、頭を下げたままの男子生徒たちの間を抜け、立ち去ろうとする。

が、直後、ひとりの態度が豹変《ひょうへん》した。

「お高くとまってんなよっ」

「きゃっ」

そいつはいきなり片瀬先輩を突き飛ばし、先輩が尻もちをついた。

「おおっと、さっそくチャンス到来！」

ひとりがデジカメを向ける。

片瀬先輩が咄嗟《とっさ》にスカートを押さえるのとシャッター音が鳴るのがほぼ同時だった。

「撮れた？　撮れた？」

「ついにベストショット第一号か？」

「きたでしょ、これは」

三人が集まり、デジカメの液晶を確認する。

その光景はおそろしく歪《いびつ》だった。

女の子を突き飛ばしておきながら、心配しないどころか一顧《いっこ》だにしない。目に入ったのは、自分たちが望んでいた決定的瞬間だけ。しかも、その目で見たこと自体はどうでもよくて、それをレンズに収めることができたか――それだけを唯一の関心としていた。

片瀬先輩も僕と同じおぞましさを感じたのか、得体の知れないものを見たかのように青ざめた顔をしていた。

「ダメだ。撮れてない」

「実に惜しい！」

天を仰いだり、額《ひたい》を押さえたりして、三者三様に嘆く。しかし、それもそこそこに、再び片瀬先輩へと向き直った。

「じゃあ、気を取り直してもう一枚いこうか」

スマートフォンやデジカメを手に手に、迫る。

一方、片瀬先輩はというと、まったく動けないでいた。完全に怯《おび》えてしまっているのか、それとも少しでも動けばシャッターチャンスになってしまうからか。足を固く閉じ、スカートの裾《すそ》を押さえた体勢のまま、じっとしている。

「大丈夫だって。俺たちは個人的に楽しむだけだから」

「そうそう。世の中ネットにアップするようなゲスい連中もいるようだけど、あんなのと一緒にしないでほしいな」

十分に下衆《げす》だろうが。

いつもの告白イベントであるかのように片瀬先輩を呼び出しておきながら三人で待ち構え、拝み倒してモデルになってもらう。はたしてまっとうな撮影会を装いつつ、いったいどんな構図を狙《ねら》っていたのやら。

考えすぎかと思っていた僕の想像も、今となってはすべて当たっていたわけだ。……卑劣なやつら。ムカついてくる。

「先輩から離れろッ！」

さすがにこれ以上放っておけるはずがなく、僕は飛び出した。

「な、なんだよ、お前⁉」

全員がいっせいにこちらを振り返る。

こんなところに誰かくるとは考えていなかったのか、ひとりが焦《あせ》ったように叫んだ。

だが、無視。僕は黙って三人の間を抜けて、片瀬先輩のもとへ歩み進んだ。

「先輩、行きましょう」

手を差し出し、片瀬先輩を立たせようとしたときだった。

先輩が小さく「あ」と発音した。視線は僕の背後。まずいと思ったのと同時、肩のあたりに鈍い衝撃が走った。片膝《かたひざ》を突きながらも振り返れば、ひとりが手ごろな棒切れを持って立っていた。

「先輩、行ってくださいっ」

僕は激痛を堪《こら》えながら訴える。

片瀬先輩は少しの間、僕と連中を交互に見て逡巡《しゅんじゅん》していたが、すぐに走り出した。

これでひと安心だ。

「なんなんだよ、お前。せっかくの撮影会を邪魔しやがって」

「何が撮影会だよ。下衆な盗撮野郎……がっ」

再び棒切れが振り下ろされた。

「お、俺をあんな連中と一緒にするなっ」

どうやらこいつにとって、〝下衆〟か〝盗撮野郎〟は禁句だったようだ。やっていることは下衆な盗撮そのものだというのに。自覚があるからか？　それとも同属嫌悪か？

僕は肩から地面に倒れ込んだ。

「ははっ。なんだ、こいつ。弱いぞ」

「弱いのにカッコつけて出てくんなよ」

丸腰の人間に武器で不意打ちや追い打ちをしておいて、強いも弱いもあるかよ。

かくして、連中の標的は僕へと変わった。

§§§

約三十分後。

僕は大の字になって地面にぶっ倒れていた。

（まったく。手加減なしとはね……）

死んだらどうするんだ？

死なない程度に痛めつけるなんてのは、不良連中のほうが慣れていると聞いたことがある。逆に慣れていないやつが激高するまま暴力を振るい、集団心理も手伝ってうっかり死なせたりするんだろうな。

多勢に無勢。結局、僕は袋叩《ふくろだた》きの目にあったのだった。……やっぱり三対一はダメだな。バスケをやっていたときも、よく三対一の場面で強引に突破しようとして失敗していた。

(手と、足は動くな。ほかは……ああ、アバラ数本もっていかれたっぽい)

倒れたまま被害状況を確認する。

兎《と》に角《かく》、全身が痛い。とりわけヒビが入ってるらしい肋骨《ろっこつ》は、呼吸して横隔膜が動くたびに激痛が走る。とりあえずしばらく動けそうにない。

「ま、いっか。片瀬先輩が無事だったし」

そうつぶやいてみて新たな被害箇所発見。口の中をだいぶ切ってるみたいだ。口の端も腫《は》れているのだろう。すごくしゃべりにくい。

「明日から食事に苦労しそうだな……いぎっ」

肋骨のことも忘れて深々とため息を吐《つ》いてしまい、激痛に襲われた。僕はアホか。一過性の痛みに耐えた後、目を閉じ、身体《からだ》を落ち着けて疲労回復に努める。

と、そのときだった。


「だ、大丈夫……?」

そんな声とともに僕の口許《くちもと》に冷たいものが当てられた。

「……っ!?」

いろんなことに驚いた。こんなところに人がきたこととか、口許に当てられた冷たいものが思いっきり傷に沁《し》みたこととか。

そして、何よりもそこにいたのが片瀬先輩だったことが衝撃的だった。

「せ、先輩、何で……？」

「うん、心配になって。あ、じっとしてて」

思わず起き上がろうとした僕を、片瀬先輩は手で制する。どうやら先輩は濡《ぬ》らしたハンカチで僕の顔の傷を拭《ふ》いてくれているようだ。口許や頬《ほお》を順番に拭いていく。

いつもは遠目に見ていただけの片瀬先輩を、僕はこのとき初めて間近で見た。

心配そうな、そして、申し訳なさそうな顔をしていたが、先輩の魅力は少しも損なわれていなかった。本当にかわいい人というのはどんな表情でもかわいいらしい。

「大丈夫？」

「いえ、見ての通り大丈夫じゃなさそうです」

この状態で大丈夫ですと言ったところで百パー嘘《うそ》。誰の目にも明らかな嘘は、相手を困らせるだけだ。

「何ていうか、こう、全身が痛くて……疲労困憊《ひろうこんぱい》？　あと、四番と五番をもっていかれたっぽいです」

「よ、四番と、五番……？」

さすがに意味がわからなかったらしく、先輩は困ったように聞き返してきた。

「えっと、冗談です。ちょっと恰好《かっこう》よく言ってみただけなんで。実際、何番目がやられたなんて、ぜんぜんわからないし」

「……本当にごめんなさい。わたしのせいでこんなことに……」

うーん、確かにかわいいのだけど、そう何度も謝られると、何かこう、僕がいじめているような申し訳ない気分になってしまう。片瀬先輩はだんだんと泣きそうな顔になってきていた。

「気にしないで下さい。僕が勝手にやったことですから。たまたまあいつらが話してるのを聞いちゃって。今ここで何もしなくて、後で先輩がいやな目に遭ったなんて知ったりしたら、絶対に後悔すると思って……」

自分でも何が言いたいのかわからなくなってきた。支離滅裂さが恥ずかしくて、片瀬先輩から視線を逸《そ》らし、昏《くら》くなりはじめた空に目を向けた。

「いや、それに本当は先輩だから助けたってわけじゃないんです。たぶん、見知らぬオッサンがオヤジ狩りに遭ってても飛び出しただろうから。僕、そういうやつなんで」

顔を背けたままこっそりと目だけで片瀬先輩の様子を窺う。あんな要領を得ない言葉では罪悪感を軽くさせることはできなかったようで、やっぱり彼女は沈痛な面持ちだった。

「だから――」

僕は「よっ」と掛け声ひとつ、上体を起こした。

もちろん、体は痛い。でも、いつまでも寝ていてはみっともない。ここは見栄でも意地でも張って、平気アピールをしないと。僕だって男だ。

「だから先輩、こういうときは謝るんじゃなくて、『ありがとう』って言ってください。そしたら僕も嬉《うれ》しいです」

その瞬間、先輩ははっとした。

それから目を細め、やわらかく微笑《ほほえ》む。

「君は優しいね。ありがとう……」

そして、片瀬先輩の顔が近づいてきて――、

僕の頬に軽くキスをした。


「○×△☆■※――!?」

本日いちばんの衝撃。

(まさかお近づきになるを通り越して、接触事故を起こすとは思いませんでしたよ……)

1'

五月の初旬、わたしはとても不愉快な目に遭った。

その日、面識のない二年の男の子から、体育館裏で話がしたいと呼び出しを受けた。わたしはいつものあれだろうと思い、指定された場所に足を運んだ。すると、そこに待っていたのは三人の男子生徒。

「ぜひ写真を撮らせてください」とのこと。

そう言えば、噂を聞いたことがあった。二年の男子に盗撮まがいのことをしているグループがいると。親友の円《まどか》も「あいつらには絶対に近づくな」と言っていた。だけど、そんなこと言われても、向こうから近づいてきたのだからどうしようもない。そんな忠告は看板と一緒。落石も熊も鹿も、注意したところで落ちてくるときは落ちてくるし、出てくるときは出てくる。

最初はそんな噂など知らないような顔で、自然に断ってその場を去ろうとした。だけど、直後、彼らは態度を変えた。逃げようとするわたしを突き飛ばし、写真を撮らせろと強引に迫ってくる。

そこに現れたのがあの子だった。

「先輩から離れろッ！」

「先輩、行ってくださいっ」

あの子はそう叫び、暴力に訴える彼らからわたしを逃がしてくれた。

わたしはこの時間なら必ず誰かいる美術室に駆け込んだ。そこでしばらく何ごともなかったかのような顔で友達としゃべっていた。

先ほどのことはクラスの誰にも話さず、先生にすら言わないつもりでいた。そう、すべてはなかったこと。口を塞《ふさ》いで何も言わず、目を閉じて何も見なかったことにする。心のうちに押し込めることで、何もなかったことにしようとしたのだ。

次第に気持ちが落ち着いてくると、今度はわたしを助けてくれたあの子がどうなったかが気になりはじめ――三十分ほどがたったころ、わたしは適当な理由を言って美術室を後にした。

おそるおそる体育館裏に行くと、そこにあの子は傷だらけで倒れていた。たったひとりで三人を撃退した、なんて恰好よくて都合のいい話はなかったのだ。わたしは一度校舎に戻り、濡らしたハンカチを持って彼に駆け寄った。

彼はわたしに言う。

「たまたまあいつらが話してるのを聞いちゃって。今ここで何もしなくて、後で先輩がいやな目に遭ったなんて知ったりしたら、絶対に後悔すると思って……」

つまり彼は自分が傷つくこと以上に、自分が見て見ぬふりをしたことで誰かが傷つくのを嫌ったのだ。

（ああ、この子は……）

なんて真っ直ぐな子なんだろう。

わたしはそう思った。

そして、何の前触れもなくこの子が愛《いと》おしく感じた。


だから、わたしは彼の頬に口づけをした——。

2

「どーしたの、お前、それ？」

朝、教室に入るなりトモダチに聞かれた。顔の腫れや傷の生々しさはだいぶ消えたが、まだいくつか傷痕《きずあと》が残っているので、その反応も当然だろう。

「ちょっとした事故だよ」

自分から当たりにいったような気もするが、まさかのっけから武器を持って不意打ちしてくるとは誰も思わない。十分に事故だろう。

「大丈夫なのか？」

「いちおー。でも、肋骨にヒビが入ってるから、そっちがまだちょっとね」

さすがにこれはすぐには治らない。ふざけて叩いたりするなよ。絶対するなよ——と言ったら何やらやらかしそうな雰囲気だったので、先手必勝、腹パンチを叩き込んでおいた。

「で、何番だ？」

腹を押さえながらトモダチが聞いてくる。

「五番と六番をもっていかれた」

「わかるのか⁉」

「バカにするなよ。それくらいわかる。何せ病院でレントゲン見せてもらったからね」

そりゃあもう絵に描いたようなヒビだったさ。

「……感覚で被害箇所がわかるほど折られ慣れちゃいないよ」

そこで会話を切り上げ、僕は自分の席へと向かった。


三日ぶりの登校。

袋叩きに遭った翌日にようやく病院に行って、ちゃんとした手当てを受けた。それから丸二日家で安静にして、本日めでたくお勤め終了というわけだ。

「おはよう、一夜《いちや》。久しぶり」

机に鞄《かばん》を置きながら後ろの席で文庫本を読んでいるクラスメイトに声をかける。

遠矢《とおや》一夜。

一夜は端正な顔にスタイリッシュな眼鏡の似合う、同性の僕から見てもなかなかの美少年だ。背が高く、雰囲気が落ち着いているせいか、実際の歳《とし》より大人びて見える。そして、何よりも一夜を語る上で欠かせないのが——本だ。

一夜はいつも何かしらの本を読んでいる。誰かと一緒にいるときだろうが、授業中だろうが関係ない。起きている時間の大半を読書に費やしている筋金入りだ。こうなると読書家というよりは読書狂だろう。それなのに話しかければちゃんと返事をするし、先生に当てられたらしっかりと問いに答える。いったいどういう頭の構造をしているのやら。とんでもないやつだ。

「何か変わったことあった?」

「……ない」

本から顔を上げずに答える。

「ああ、そう言えばひとつあったな。……昨日やったかな、片瀬先輩が前の廊下を通り過ぎていったわ」

「ふうん。教室移動の途中だったのかな? それってすごいこと?」

「そうとちゃうか? 実際、みんな騒いどったわ」

かたちのよい口から淡々と関西弁が紡がれる。

まぁ、冷静に考えて、それは事件かもしれない。聖嶺一とも言われる美少女、片瀬司先輩が一年の教室が集まるこんな辺鄙《へんぴ》なところを通れば、街中で偶然見かけた芸能人よろしく騒ぎになるのは当然だ。

（片瀬先輩かぁ……）

途端、顔が熱くなった。片瀬先輩と聞いて、遅まきながら三日前の接触事故のことを思い出したのだ。

「那智、顔が赤い」

「えっ、いや、これは……」

「なんや、ホンマやったんか。ちょっとカマかけてみただけやってんけどな」

そう言われて一夜を見ると、相変わらず本に視線を落としたままだった。

「冷静に人をからかうなんて、いやなやつ……」

もっと文句を言ってやるつもりだったのだが、直後に先生が入ってきて、それもできずに終わった。

ショートホームルームがはじまる。きっと一夜はいつも通り本を読みながら連絡事項を聞いていることだろう。かく言う僕は別のことを考えていて、先生の話は右の耳から左の耳だった。

（そうか、先輩、ここ通ったんだ。昨日、無理にでもきてたらよかったな）

§§§

今、僕の鞄にはハンカチが二枚入っている。

一枚は片瀬先輩のもの。三日前、僕の傷の手当てに使われ、血で汚れてしまった。先輩は「返さなくていいよ」と言っていたが、さすがにそうはいかない。きれいに洗ってアイロンもかけて、先輩に返すつもりで持ってきた。

もう一枚は、それのお礼の意味で用意したブランドもののハンカチだ。

これを渡そうと昼休みに美術科の校舎、片瀬先輩のクラスまで行ったのだが、これまたハードルが高いったらありゃしない。先輩は教室の奥のほうにいるわ、いつもの如《ごと》く友達に囲まれてるわ、先輩をひと目見ようとやってきた男子生徒が入り口で固まってるわ。ついには近くにいたほかの先輩に「どうしたの千秋君。なになに、何か用?」と目を輝かせながら聞かれ、それはそれでチャンスだったのに、思わず「いえ、通りかかっただけです」と答えてしまい、すごすごと帰ってきたのだ。

そんなこんなでとうとう放課後になってしまった。


「なに拗《す》ねとんねん」

終礼が終わってもまだ教室に残っている僕に一夜が声をかけてきた。一夜が未だ教室にいるのは、読書をキリのいいところまで進めてから帰るのが習慣だからだ。

イスに横向きに座って足をバタバタさせている僕の姿は、どこか拗ねているように見えるらしい。

「ぶえっつにぃー」

「何が『別に』や。やりたいことが思い通りいかんて顔しとるわ」

「よく言うよ、人の顔なんか見てないくせに」

指摘は図星だけどさ。

「そうでもない。俺かて人の顔くらい見る」

そう言うものだから一夜を見てみたら、いつも通りの姿勢——つまり本を読んでいた。今日は文庫本だった。

「せ、説得力なーい」

脱力して一夜の机に思わず突っ伏した。

「……邪魔や」

「ああ、そうですか。……あっ！」

机から額を離し、首を横に向けると教室の後ろのドアに見覚えのある姿を見つけた。

片瀬先輩だった。

開け放たれたドアの前を横切っただけなのですぐに見えなくなったが、今の僕が片瀬先輩を見間違えるはずはない。跳ねるようにして立ち上がると、僕は先回りするために前側のドアへと走り、教室から飛び出した。

「きゃっ」

そして、悲鳴を上げられて、そこではたと気づく。僕の目には片瀬先輩しか映っていなかったけど、先輩はクラスメイトと一緒だったのだ。悲鳴は手前にいた、片瀬先輩とは別の人のものだった。いきなり人がぶつかりそうな勢いで飛び出してきたら、そりゃあ驚きもする。

「ど、どうかしたの⁉」

その人は目を丸くしながら聞いてきた。

「えっと……」

僕は口ごもりながら、助けを求めるようにちらりと横目で片瀬先輩を見る。


（え……？）

その瞬間、思考が停止した。


片瀬先輩がまったく表情を変えずに僕を見ていたのだ。まるでそれこそ見知らぬ生徒が飛び出してきた程度の、何の感慨も抱いていないような様子。僕を見ても何の反応も見せないし、何も言ってくれない。

「ねぇ、君……？」

「あ、いえ、何でもないです。失礼しました」

ようやくそれだけを口にして、僕は一歩下がった。

「行きましょ」

あろうことかその台詞《せりふ》は片瀬先輩の口から発せられ、一行は通り過ぎていく。

僕は、先輩たちが廊下を曲がり、その姿が見えなくなるまで見送った。当然、あの人は一度も振り返ることはなかった。僕は席へと戻る。

「何をしとるんや、お前は」

一夜が呆れたような声で僕を迎えた。読書が一段落ついたらしく、文庫本は閉じられて机の上に置かれている。珍しく顔を上げて僕を真っ直ぐ見ていた。

「さぁね。僕もいったい何がしたいんだか」

いや、やりたいことは明確なのだけど、それができなかっただけだ。

「俺はてっきり玉砕するサマが間近で見られるんかと思たわ」

「まさか。僕はそこまで無鉄砲じゃないよ」

まぁ、三対一の状況に飛び込む程度には無鉄砲だけど。

「そうか、そら残念や。……ほら、帰んで」

無感動にそう言うと一夜は立ち上がり、文庫本で僕の頭を一発叩いた。その本はブレザーの内ポケットにしまわれる。

「あ、待ってよ」

僕も慌てて帰り支度をして一夜の後を追った。

一夜とは帰る方向が同じで、互いに部活もやっていないので、一緒に帰ることが多い。最寄りの駅から電車に乗る。

足が止まると途端に本を読み出すのが一夜だ。鞄は網棚に置き、右手で吊り革、左手で本を持つ。そんな態度に腹を立てるものも多いが、そこをぐっと堪えて話しかけるとしっかりしたレスポンスが返ってくるのだ。たぶん一夜の脳は複数の作業を同時にこなせるようにできているのだろう。

次の駅名を告げるアナウンスが流れると、一夜は文庫本をポケットに収めた。

「ほんじゃ、また明日」

「あ、うん。じゃあ」

一夜は僕よりも学校に近いところに住んでいるため、先に降りる。電車の中で別れるのが常だ。

そうしてひとりになって、電車に揺られることもうふた駅分。ちょっと考えごとに没頭していて危うく乗り過ごしそうになった。

駅から自宅へ歩いている間もひとりぶつぶつと考え込む。

(片瀬先輩、どうして……)

§§§

繰り返し思い出すのは、ついさっきのこと。

なぜ片瀬先輩は僕を見ても何も言ってくれなかったのだろう。何の反応も見せなかったし、まるで会ったこともない赤の他人を見るような目で僕を見ていた。それともあの日の出来事自体、夢か何かだったのだろうか。いや、手もとに先輩のハンカチがある以上、それはないはず。

どう考えても、無視する理由がわからない。あの日、あの場所で、確かに一度は会っているはずなのに。

「あーっ、もう。わけがわからん」

いくら考えても納得できる答えが出てこない。苛立《いらだ》ちにまかせて額に落ちてきていた前髪をかき上げる。

と、そのとき――、

「わっ」

「わあっ！」

いきなり背後から誰かに驚かされた。完全に周りに対して無防備になっていたので、僕は跳び上がるほど驚いた。

そして、弾《はじ》かれたように振り向いて、二度びっくり。

「か、片瀬先輩……」

そう、そこにいたのは片瀬先輩だった。だが、なぜか僕を驚かせた張本人である先輩までもが目を丸くし、掌《てのひら》を口に当ててびっくりした顔をしていた。

「ご、ごめんなさい。そんなに驚かれると思わなかったから……」

ああ、そういうことか。

「ちょっと考えごとをしていたもので……って、いや、そうじゃなくて、何で先輩がここに⁉」

「うん、もちろん君を追いかけてきたんだけど……。あ、やっぱり迷惑だった？」

そう言うと片瀬先輩はおそるおそるといった様子で、上目遣いに僕を見た。

（うわ、やっぱ。間近で見る先輩って洒落《しゃれ》にならないくらいかわいい……！）

先輩に見つめられて僕は一瞬後ずさりしそうになった。ひとまずそれは踏み止《とど》まり、さり気なく目を逸らす。

「迷惑なんてこと決してないんですけどね、学校じゃ何だか無視されたたし」

「それは、ほら、周りに人がいっぱいいたでしょ？　あんまり目立つとマズいかなって、ね？」

まぁ、それも一理あるか。片瀬先輩は何かと注目を集める人だし、下手に下級生の男子なんかと一緒のところを見られたら、陰で何を囁《ささや》かれるかわかったものじゃないのだろう。

そう考えたところで、例のものを渡すのは今しかないと思った。

「あ、そうだ。これ、忘れないうちに渡しておきます」

僕は先輩に渡そうと思って持ってきたハンカチ二枚を鞄から取り出した。剝《む》き出しのままっていうのも素っ気ないので、家にあったファンシーショップの巾着袋に入れてある。

「何かしら？　開けてもいい？」

僕が「どうぞ」と答えると、片瀬先輩はさっそく袋の口を開いた。

「あら、これ、あのときの。返さなくていいって言ったのに。でも、わざわざありがと」

そう言って先輩が顔を上げた拍子に、僕らはばっちり目が合ってしまった。

「あ……」

「う……」

その瞬間、僕はあの日のことを思い出す。それはきっと片瀬先輩も同じだったのだろう。先輩は顔を赤くしてうつむき、僕は気恥ずかしさで目を泳がせる。

「え、えっと……もうひとつは何かなー？」

片瀬先輩は誤魔化《ごまか》すように早口で、棒読み気味で言うと、続けて一緒に入っていたものを取り出す。僕が用意したブランドもののやつだ。気取った箱に入っているが表面部が透明になっているので、それが何なのか一目瞭然《いちもくりょうぜん》だ。

「先輩の、血で汚しちゃったし。もしよかったら使って下さい」

「気を遣わなくていいのに」

くすりと笑う先輩。

「でも、せっかくだから使わせてもらおうかな。……あ、そうだ。怪我《けが》はもう大丈夫？」

「ええ、まぁ……」

「ん、どれどれ？」

そう言うと先輩は僕の顔を覗き込んできた。

傷痕を見て「わ、痛そう」とか「ここはちょっと腫れが残ってる」とか言って心配してくれるが、今の僕はそれどころじゃなかった。先輩の顔が目の前にあるわ、甘い香りが鼻をくすぐるわ、もう頭がくらくらしてくる。

「よかった。これなら傷は残らずにすみそう」

片瀬先輩はようやく顔を離すと、そう言って嬉しそうに笑った。

「あ、よく見るとけっこうかわいい顔してるんだ」

「そ、そうですか？」

男の僕としては、それはあまり嬉しくない。

「うん、してるしてる。いろいろ着せてみたくなっちゃう。……ね、よかったら今度お姉さんが選んであげようか、服」

「え？　あ、はぁ……」

突然の提案に頭がついていかず、僕は曖昧《あいまい》な返事を返す。

（つーか、お姉さんって誰でぃすかー？）

どうもさっきから思考の焦点が合っていないみたいだ。調子が狂う。

「え、ホントにいいの⁉　じゃあ、張り切っちゃおうかな」

にも拘わらず、片瀬先輩は僕の曖昧な相づちを肯定の返事と受け取ったようだ。まぁ、先輩が喜んでるならそれでいいんだけど。

「あ、ゴメンね。ひとりではしゃいじゃった。しかも、まだ君の名前聞いてなかったし」

そう言って舌を出す仕草は、まるで年下の女の子のようでかわいらしかった。

「僕は千秋那智です」

「そう、千秋くんね」

「できれば名前のほうで呼んでくれると嬉しいです」

もちろん、千秋の姓はきらいなはずがないのだが、女の子の名前を連想させる上、僕自身の童顔も相まって、そう呼ばれるのは抵抗があるのだ。ついでに言うと、フルネームもゴロがいいんだか悪いんだか。

「ふぅん、まだ二度しか会ってない女の子に名前で呼ばせるんだ、千秋くんって」

片瀬先輩は、今度は一転していたずらっぽい笑みを浮かべる。

「あ、いや、そういう意味じゃなくて。千秋って名前は……」

「いいよ。かわいい君に免じて那智くんって呼んであげる」

うわ、何だか誤解されたままだ。

「あ、もうこんな時間。……じゃあ、またね、那智くん」

先輩は一方的に話を収束させると、その手を僕の前髪に突っ込み、少し乱暴に頭を撫《な》でた。それから駅のほうへ駆けるように去っていった。

(僕、もしかしてからかわれてる?)

先輩が立ち去って道端にひとり残されると、途端にあの片瀬司とふたりきりで話していたという実感が湧《わ》いてきた。

「まいったなぁ……」

そうつぶやいて、乱れた前髪をまたかき上げる。

いや、何が『まいった』のか、自分でもよくわからないのだけど。

2'

なんという不覚だろう。わたしはまた彼の名前を聞きそびれた。

翌日からわたしはさり気なく彼をさがしはじめた。教室移動の際、ルートを変えて一年生の教室の前を通ったりもしてみたが、それでも見つからなかった。

彼は三年女子の中でも有名人らしいので誰かに聞けばすみそうなものだが、それはどうしても躊躇《ためら》ってしまう。変な勘繰りをされたくなかったし、そうなると彼を困らせてしまうかもしれない。

そして、四日目、ようやくわたしは彼を見つけた。

千秋那智——それが彼の名前だった。

千秋那智。

那智くん。

それは不思議な名だった。

その響きを紡ぐだけで幸せな気持ちになれた。わたしは何度その名をつぶやき、ひとり微笑んだことだろう。

もっと彼のことを知りたいと思った。

3

片瀬先輩とようやく話ができた数日後。

「例えばさ——」

そう言って僕は切り出した。相手は後ろの席でいつものように文庫本を読んでいる一夜だ。

「一夜が朝、本を持って出るのを忘れたらどうなるんだ？」

「……どうもなるか。なくても困らんしな」

意外と普通の答えだった。ちょっと拍子抜け。

「何がっかりしとんねん。俺が活字見んと死ぬ思うとったんか？」

「いや、そんなことはないけどね。でも、案外それに近いことは起こるんじゃないかと思った」

「……アホか」

片瀬先輩に関する情報——
・片瀬司
・十七歳／三年十二組　美術科
・容姿端麗で、聖嶺一の美少女ともっぱらの噂。
・性格は明るく社交的。そのため大袈裟《おおげさ》な人間は『学園のアイドル』と称したりする。
・特定の男子とつき合っている様子なし。過去、何度かそういった噂が流れたが事実だった例《ためし》はない。
・言い寄ってくる男子生徒は後を絶たないが、ことごとく断っている模様。

・また、定期的に他校から何か勘違いしたイケメン色男が自信満々でやってくるが、すべて返り討ちにあっているとのこと。
・ついに先日の犠牲者をもって近辺の学校を全て網羅したため『撃墜王《エース》』の称号が与えられたとのこと。

午前中の休み時間にちょっと聞いて回っただけでもこれだけ集まったのだから、どれだけ先輩が注目されているかがよくわかる。

「三年にも聞いてみ？　もうちょい詳しい武勇伝が聞けるわ」

一夜はまたいつも通り本から顔も上げずに答えた。素っ気ない口調の関西弁。だからと言って話すのが億劫《おっくう》なわけではなく、声をかければちゃんと返事が返ってくる。そして、今はいつも以上にウルトラCだ。本を読みながら僕と話し、さらには弁当を食べているのだから。

「いや、そこまではいいや。……唐揚げちょうだい」

「甘えんな」

一夜の弁当箱に美味《おい》しそうな唐揚げを見つけたので箸《はし》を伸ばしたら、同じく箸で防がれてしまった。何で本を読みながらそんなことができるのだろう？

「何や、那智、先輩のこと気になってんかいな？」

「男として当然だと思わないか？」

「なるほど。一般論で返してきたか。まぁ、ええけどな」

はぐらかしたつもりが一夜には通用しなかったようだ。ただ、これ以上追求してこないあたり、とてもありがたい。ただ単に無関心なだけかもしれないが。

正直、片瀬先輩のことは気になっている。前は遠くから見ていただけで満足していたけど、先日、直で話してからは今まで以上に憧れを強くした自分がいる。まぁ、結局は憧れの域を出ないのだけど。

「あ、いたいた。千秋発見」

突然自分の名前を呼ばれ、僕の思考と食事は中断された。声が聞こえたほうを見ると、机の間を抜けてひとりの女の子がこちらに向かってきていた。

宮里《みやさと》晶《あきら》。

中途半端な長さのショートカットが快活な印象を与える女の子。実際、僕から見たら呆れるほどアクティブでポジティブでアグレッシブなやつだ。

「どうした、サトちゃん……うおぅっ」

額にチョップが飛んできた。

「あたし、そんな薬局のゾウみたいなアダ名を持った覚えはないわ。……やり直し」

「了解した。……どうした、宮里。僕に何か用？」

「そう、そうなのよ！」

僕もたいがい白々しいが、こいつもけっこういい根性していると思う。

「隣のクラスから3on3の挑戦状、叩きつけられたのよ」

「ほー、そりゃあ大変だね。いつ？　今から？　後で応援にいくよ」

「なに言ってんの？　千秋もくるの」

何をぬかしますかね、この人は。

「いやだよ。また体育科なんて言うんだろ？」

以前、同じようなことがあって助っ人に行ったら、相手が体育科の連中でえらい目に遭った覚えがある。筋トレが趣味で、時間があったら体を動かしているような連中に勝てるわけがなく、当然、そのゲームは見事に惨敗した。

「大丈夫。今日は普通科だから」

「人数揃《そろ》わなかったって断ったら？」

「冗談じゃないわ。そんなことできますかっての」

だろうね。負けず嫌いの宮里が敵前逃亡なんて選ぶはずがない。

「なら潔く自決だな」

「なんでよっ!?　意味わかんないわよっ」

残念。そんな帝国軍人みたいな精神は持ち合わせていなかったようだ。

「だいたいね、挑戦してきたのはねこなのよ」

「ねこ？　それって前に言ってた宮里のライバルとかいう子のこと？」

宮里には中学時代、学校はちがうが練習試合や公式戦のたびにしのぎを削ったライバルがいたらしい。いつだったかそんな話を聞いたような気がする。

するると、宮里は急に白けたようにテンションを下げ、掌をひらひら振りながら言う。

「あんなものライバルなんていいものでもないわよね。ただ単に向こうが一方的に敵視してるだけ」

「でも、挑戦を受けずにはいられないんだな」

「あったりまえでしょっ。敵は叩き潰すものよ」

レベル的には宮里もどっこいどっこいじゃないだろうか。

「しかも、ねこのやつ、もうひとりバスケ経験者つれてきてるのよ。ここは我がクラスのタブセと呼ばれた千秋の……ぅきゃあっ」

デコピンかましてやった。

「僕もそんな恐れ多いアダ名を持った覚えはない」

「シャレの通じんやっちゃ。……兎に角、助っ人お願い」

「まぁ、いいけどね」

宮里がこうまで頼んでいるのに断るのもな。

「アバラ痛めているからあんまむりはしないので、そこんとこよろしく。……で、もうひとりは？」

「まだ。誰にしよう？」

まるっきり他力本願じゃん。

「向こうは男子ふたり、女子ひとりのメンバーだから、こっちももうひとりは男子がいいわ」

「一夜――」

「断る」

最後まで言わせてもらえず、ひと言でばっさりだった。

「仕方ない。誰かテキトーに捕まえよう」

弁当箱を閉めて片づけると、僕らは第二体育館へと向かった。後ろからはなぜか知らないが、一夜がしっかりとついてきていた。

§§§

聖嶺学園高校では昼休みに体育館が開放される。昼練をするクラブがあればその限りではないが、そういった事情がなければ自由に使っていいことになっていた。

ふたつある体育館のうちのひとつ、バスケットボール部が使う第二体育館にはゴールが八つある。長方形をした体育館の長辺に三つずつ、短辺にひとつずつで、計八つ。昼休みのレクリエーションとしては3 on 3が主流だ。オールコートで試合をするとふたつ占拠するので嫌われたり、それ以前にメンバーが十人必要だからなかなか集まらなかったり。そういった理由によるところが大きい。

　昼休みの体育館にはけっこう生徒が集まっている。コートにはプレイヤー、周りに交替待ちや野次馬、隅で友達同士ただしゃべっているだけの生徒もいる。言わば生徒の社交場といったところか。

　さて、僕たちを待っていた相手チームは百八十センチ前後の男子がふたり、百六十五センチくらいの猫目気味の女子がひとりという構成だ。

　で、どうやらチームのリーダー格はその猫目の女の子のようだった。キツい感じの美人系の顔立ちなので、男ふたりを従える姿はさながら女王様だ。実際その立ち位置がしっくりくる。

「……三人とも僕より背が高いね」

「がんばって大きくなりなさいな」

　宮里はどこか憐《あわ》れむような口調でそう言って、相手チームに寄っていった。……クラスメイトは無理難題をおっしゃる。

　こっちは百六十センチ（本当は百五十九・五センチ）の僕と百六十五くらいの宮里に、もうひとりは百七十五あって中学時代運動部に所属していたクラスメイトをつれてきた。それでも平均身長で負けている。救いは僕も宮里もバスケ部に所属していたことか。宮里に至っては何と主将だ。

（ん、あれは……？）

　と、そこで僕は、体育館の壁際に片瀬先輩の姿を見つけた。

コートのほうを見ている様子はなく、何人かのクラスメイトと話しているのを見るに、どうやらおしゃべり組のようだ。

「男なんて不潔よーっ」

いきなり宮里に蹴《け》られた。さっきまで向こうで例の女の子と言葉を交わしていたと思ったら、もうこっちに戻ってきていたか。

「何だよっ。ちょっと見ただけじゃん」

「はいはい。わかったからさっさとコートに入る。きれいなお姉様の気を引きたかったらプレーでがんばりなさい」

ああ、なるほど。みんな心なしか張り切ってると思ったら、さり気なくアピールしているわけね。でも、悲しいかな、片瀬先輩は友達との話に夢中になっていてコートのほうは見ていない。単純におしゃべりの場としてここを選んだだけなのだろう。

「じゃあ、はじめようか」

そして、僕はコートに入った。

ゲーム開始。

先攻はこちら。中学時代ガードだったため、ボールは僕からはじめる。

ポジションの関係上マンツーマンマークをしたとき、僕は敵チーム唯一の女の子とマッチアップすることになる。

宮里がねこと呼んだ女の子——確か名前は姫崎《ひめさき》ねことかいったか。

「貴方《あなた》、バスケはできますの？」

「人並みには」

ここは控えめに答えておこう。謙虚は日本人の美徳だ。

「サトちゃんから聞いてるよ。君も巧《うま》いんだってね」

「自慢じゃありませんが、中学では主将をしていましたわ」

あっちは自信満々だな。

「さて、貴方に私の相手がつとまるかしら？　その実力、見せてもらいますわ」

「オーケー。せいぜい頑張ることにするよ」

おしゃべりはこれくらいにして、いいかげん動くとするか。

中学時代に主将をやっていた宮里と実力伯仲だったというだけあって、彼女のディフエンスには隙《すき》がない。迂闊《うかつ》なパスを出せばカットできて、油断をすればスティールもできる絶妙な距離からプレッシャをかけてくる。なかなかいやな感じのディフェンスだ。

気の強そうな、猫みたいな目が僕の動きを注意深く見張っている。

（まずは様子見だな）

方針決定。一対一は避けよう。

僕は、宮里が隙をついてマークを振り切ったのを見て、そちらにクイックでパスを出した。すぐさま僕も姫崎さんの死角になるコースに駆け出し、

「宮里っ」

ボールを返してもらってドリブルでゴールを目指す。

途中、素早い反応で追いついてきた姫崎さんをクロスで振り切り、そのままペネトレイション。ジャンプしてシュートを狙う。が、ここで僕の動きを読んでいたようにディフェンダがチェックに入ってきていた。宮里をマークしていたやつだ。百八十の長身が僕の行く手を阻む。

（もうひとりの経験者はこいつか！）

すでに跳んでしまっている以上、かわす手段はひとつしかない。放りかけていたボールを戻し、ディフェンダの腕をかいくぐって再びシュートを撃つ。――ダブルクラッチだ。少々体勢は崩れたが、幸いにして何とかリングに収まった。

「アホー。あんたはパワーフォワードかっ？　ガードのくせに隙があったら切り込むんかっ？」

なのに、文句を言われました。

宮里さん、あなたはダブルクラッチという高等技術を出した上、ちゃんとゴールを決めた僕に何の不満があると？

どうも僕は性格的にはシューティングガード向きらしく、中学の部活のときも無茶な切り込みをやってセンターに潰《つぶ》されていた。顧問の先生にも宮里と同じようなことを言われていたので耳が痛い。ポイントガードだってペネトレイトや速攻からドライブインしたくなるときがあるんだよ。

「なかなかやりますわね、貴方」

その声に振り向くと、姫崎さんがこちらを睨《にら》んでいた。言葉の上では余裕ぶっているけど、けっこう悔しそうだ。

「人並みにはできるって言っただろ」

「まぁ、いいですわ。まだはじまったばかりですもの」

怖い怖い。


そして、攻守交替。今度はディフェンスだ。

ボールはガードである姫崎さんの手の中からはじまる。

「さぁ、いきますわよ」

「どーぞ」

とは言え、激しく接触するようなプレイはできない。何せ相手は女の子だし、それ以前に僕自身肋骨を痛めている。なので、プレッシャをかけるだけにとどめておく。

「甘いわ」

しかし、さすがはオールタイム自信満々の姫崎さんというべきか、そんなものは何のそのであっさり抜かれてしまった。

すぐに宮里がフォローに入る。

が、それも鮮やかにかわして、姫崎さんはレイアップで華麗にシュートを決めた。ゴール下で振り返り、強気な笑みを見せる。ふふん、って声が聞こえてきそうだ。

「なるほど。こりゃ巧いわ」

僕は素直に感心した。

再び攻守交替。

今度はやや不意打ち気味に速攻を狙ってみる。

「宮里」

即パス。

宮里、即ジャンプシュート。

しかし、残念ながらボールはリングにきらわれ、弾《はじ》かれてしまった。

「行けっ、サトちゃん。リバウンドだ」

「むり言うなっ」

当然のようにゴール下では競り合いにすらならず、あっさりリバウンドボールを取られてしまった。このチーム、根本的に平均身長で負けているので、最初のチャンスをものにできなかったら終わりなわけだ。

「ちょっと、貴方！」

「うぇっ⁉」

いきなり烈《はげ》しい声が叩きつけられた。

「正々堂々勝負なさい」

「いや、正々堂々って、今やってる最中じゃん」

「貴方、すぐパスを出すじゃない」

「何か問題でも？」

「大アリですわ。それでは私と貴方の優劣がはっきりしませんもの。パスなんか出さず一対一で私と勝負なさい」

「……」

この子、何かすごいワガママなこと言ってないか？

「わかった。ちょっと待ってろ。タイムアウトだ」

僕は左の掌の中心に右手の人差し指の先を当て、Tの字をつくる。タイムアウトのジェスチャーだ。

「……宮里」

今度は手招きで宮里を呼ぶ。

「なに？」

「宮里さ、中学のとき、あの子と決着がつかなかったって言ってたよな？　それって一対一とかわかりやすい勝負をしなかったから、はっきり目に見えるかたちの決着がつかなかったってこと？」

「あ、わかった？」

と、苦笑いを浮かべる宮里。

「バスケって結局は団体競技なわけでしょ？　勝敗は決まっても個人技に順位はつかないからね。その上、ねことはポジションもちがってマッチアップしなかったし。勝負の機会もなかったってわけ」

「なるほどね」

姫崎さんというのは、そういうわかりやすい勝負と決着を好む人なのだろう。バスケには向かない性格だよなぁ。

「つーか、その状況でなんで敵認定されたんだよ」

「いろいろあるのよ」

宮里は苦虫《にがむし》を噛《か》み潰したような顔をした。これは聞かないほうがよさそうだな。誰も得しない気がする。

気を取り直してゲーム再開。

ところが、である。

「勝負よっ。勝負なさい！」

「男ならドリブルで抜いてみせなさい！」

「また逃げますのね。臆病者《おくびようもの》！」

その後も正面切っての勝負をことごとく避けていると言いがかりじみた文句を言われ、次第に罵倒《ばとう》みたくなってくる始末。これって3on3だよな？

しっかし、一回目からそうだけど、オフェンスのときには何度も僕を抜いているんだから、それでよさそうなものだけどな。きっとあの性格だとオフェンスとディフェンス、両方で勝たないと気がすまないんだろうな。

しかも、だ。

「アホかー、自分のサイズ考えて勝負せーい」

「あんたはじっくり攻めるということを知らんのかっ」

なぜか宮里からも文句が飛んでくるのだった。類友《るいとも》だな、おい。

ここまで敵味方からやいやい言われるゲームは初めてだ。……もういい。このふたりはこういう生き物だと思っておこう。

「さて、どうしたものか」

ボールをキープしながら状況を見る。

本日何度目かのオフェンス。

宮里は長身のバスケ経験者にしっかりマークされて振り切れずにいる。他方、未経験者組も素人同士でそれなりに競り合っていてパスは出せそうもない。

ならば、仕方がない。

幸いコースはあいている。

「シュート――」

「ッ⁉」

「と、見せかけてペネトレイト」

首だけのフェイクに引っかかってシュートチェックに寄ってきた姫崎さんをリバースターンでかわす。

「あっ」

すれちがいざま、姫崎さんの声がかすかに鼓膜を打ったが、もう遅い。

僕は先刻頭に描いたコースを忠実にトレースする。ディフェンダがフォローに入る暇など与えない。

そして、一瞬後にはレイアップシュートを決めていた。

「いよし！」

着地して拳を握り締める。

が、その瞬間、背中に強烈な視線を感じた。

（あー、もしかしてやってしまった、か……？）

おそるおそる振り返ったそこには、案の定、先ほどとは比べものにならないほど苛烈に睨《ね》めつけてくる姫崎さんがいた。

しかし、まあ、なんていうか、複雑な顔をしているな。悔しさをこらえながら不敵に笑ってはいるが、微妙に頬が引き攣《つ》っていて、目には殺気が籠《こも》っている。この視線であなたを射殺《いころ》して差し上げますわ、と言わんばかりだ。

「ふ、ふふ、ふふふふふ……」

おいおい、ちゃんと笑えてないぞ。

「そ、そうこなくては面白くありませんわ。さぁ、もう一度きなさい。今のは油断しましたが、今度こそ止めてみせますわ」

びしっ、と僕を指さし、言い放つ。

あっちゃー、だな。

ややこしい性格っぽいから余計な恨みは買わないようにと思ってたんだけどな。もう絶対これ以上やるもんか。


そんな調子でゲームは終盤へと向かう。

内容としては、中学時代に僕がシューティングガード（性格的に）で、宮里がパワーフォワードだったこともあって攻撃的なチームとなり、平均身長で劣りながらもいい勝負をしていた。

（当然、ゴール下ではてんでダメだけど）

リングに弾かれたボールが敵に取られるのを、僕はリバウンドに参加することもなく、ただ黙って眺める。

そんな中、僕の視界に妙な場面が飛び込んできた。一夜が女子生徒と話していたのだ。一夜はいつものように本を読みながらなので、女生徒のほうが一方的に話しているようにも見える。

その赤いロングヘアーをポニーテールにまとめた女子生徒は、ジャージに身を包んでいた。それも体育の授業で着るジャージではなく、どこかのクラブの洗練されたデザインのものだ。ということは、運動部だろうか。女の子にしてはやけに背が高くて、長身の一夜と釣りあうくらいある。おまけに日本人にあるまじきスタイルのよさ。上級生のようだ。

（逆ナンパ？）

真っ先に思いついたのがそれだった。

一夜は一見して知的美少年なので、そういうことがあってもおかしくはない。実際、女子生徒に声をかけられている場面はそれほど珍しいものでもないし、誰が相手であろうと平等に素っ気なく対応する。なのに、今回ばかりはわずかに不機嫌な顔をしていた。

（珍しいこともあるもんだ）

と、一瞬でも意識が一夜のほうに向いたのが悪かった。

何せ今はゲーム中。

「千秋ー、ボールいったよー」

「へ？　……ふぎゅるっ」

迂闊《うかつ》。

バスケットボールが顔面を直撃した。それでもルーズボールを取りに走った根性は認めてほしい。ただ、このとき僕は慌てすぎて、もうひとつ失態をやらかしたのだけど。

これは遊びとは言え試合形式の勝負。一旦《いったん》コートに入ってゲームがはじまればプレイヤーは真剣だ。ルーズボールは敵も追いかける。そして、この場合は僕と相手チームの紅一点、姫崎さん。

僕は間抜けなミスを取り戻そうと視野が狭くなっていた。

「うわっ！」

「えっ、きゃあっ！」

結果、僕らは衝突し、絡まるようにして転倒した。

「い……！　ぎ、ぎ……ぐ……が……」

いや、もう兎に角、激痛。今度こそ本当に肋骨が折れたんじゃないかと思うような激痛が全身を駆け巡る。激しい接触は避けるようにと言っていた医者の言葉が思い出される。


そんなことよりも現状を確認しよう。

仰向《あおむ》けにぶっ倒れている僕。

そして、その僕の胸の上に頭を乗せるようなかたちで重なっている姫崎さん。

うん。何とかセーフだったようだ。

何せ僕のミスが原因で起きた事故だからな。これで姫崎さんに怪我なんかさせるわけにはいかない。だから、僕は咄嗟《とっさ》に彼女の下に体を入れ、肩を抱いて受け止めたのだ。

彼女はすっぽりと僕の腕の中におさまっている。

「ごめん。大丈夫？　姫崎さん」

僕が声をかけると、彼女ははっとしたように顔を上げた。

すぐ目の前に顔がある。

こっくり。

猫目をぱっちり見開いたまま無言でうなずいた。

「そう。それはよかった」

こっちの肋骨の痛みもおさまりつつある。どうやら折れたりはしていないようだ。さすがにこうなると反省せざるを得ないな。言いつけを守って、もうしばらくは運動は控えることにしよう。

ところで、そろそろ姫崎さんにはどいてほしいものだ。

彼女から上品な香水みたいな香りがほのかに漂い、長い髪が僕の首に落ちて、いろいろとくすぐったい。

しかし、彼女は立ち上がる気配もなく、ぼうっと僕の顔を見ている。

その顔がかなり近い。

さっきからはちゃめちゃな言動ばかりだったが、こうして改めて見るとやっぱり相当な美人さんだ。思わず見惚《みと》れてしまう……って、そんなこと考えてる場合じゃないな。

「だ――」

大丈夫？　もう一度確認しようとしたところで宮里が割り込んできた。

「なにやってんのよ。大丈夫なの？」

手を貸して姫崎さんを立たせる。

「立てるか、那智」

「あ、うん」

僕には一夜が手を差し出してきた。

その手を取ると、一夜は軽々と僕の体を引っ張り上げた。優男風のくせにけっこう力があるんだよな。もしかしたら僕が軽いだけかもしれないけど。

「いやぁ、まいったまいった」

僕は体についた埃《ほこり》を払った。

「よ……っ」

何かと思って振り返ると、姫崎さんが真っ赤な顔をしてこっちを見ていた。……不穏なものを感じる。

「よくもやってくれましたわねっ」

うは。なんかすごい怒ってる。

「い、いや、だから謝っ——」

「謝ってくれなくてけっこう！　オフェンスではそれだけの技術がありながら私との勝負を避け、ディフェンスは手抜き！　私も舐《な》められたものですわね」

「そっちか⁉」

「私と貴方の間にそれ以外の何があって⁉　いいわ。今この瞬間から貴方は私の敵よ！この借りは必ず返してみせますわ！」

びしっ、と僕に指を突きつけ、宣戦布告する姫崎さん。僕は口を金魚のようにぱくぱくと動かすだけで言葉が出てこなかった。

そうして姫崎さんは、ゲームはこれで終わりとばかりに踵《きびす》を返して去っていった。

ぽん、と僕の肩に誰かの手が置かれる。宮里だ。

「ドンマイ」

「何が⁉」

これはいわゆるひとつの敵認定ってやつ？　もしかして僕は大変なことをしでかした

んじゃないだろうか……。

と、そのとき――。

何となくいやな予感がした。誰かに見られているような気がして、おそるおそるそっちを見てみる。

(ひいいいぃ〰〰)

片瀬先輩が僕を見ていた。

いつから？　姫崎さんと揉《も》め出したときから？　それともコケたところから？　もしかして、ボールを顔で受けたところからか⁉　だとしたらなんて間が悪いんだ！

そこで昼休みの終わりを告げる予鈴が鳴った。片瀬先輩が体育館から出ていく。

ゲーム終了――。

ある意味、僕も終了――。

嗚呼《ああ》、最悪……。

§§§

「何をこの世の終わりみたいな顔しとんねん」

帰り道、電車の吊り革につかまって立つ僕の横で、一夜が呆れたように言う。

「はぁ……」

それに僕はため息で応えた。

そりゃあため息だって吐きたくなる。別に恰好いいところを見せようと思ってたわけじゃないけどさ、何もあんなみっともない場面だけしっかり見られることもないだろうに。印象最悪。神も仏もあったものじゃない。

「要するに意識してるんや？」

「……かもしんない」

「俗物」

あれ？　機嫌悪い？

「そう言えば一夜さ、僕がゲーム中、上級生の女の人と話してなかった？」

機嫌悪いついでに思い出した。あのときの一夜も珍しく不愉快そうだったのを覚えている。

「あれって何だったの？」

「知らん」

そのひと言で一蹴《いっしゅう》。

うわあ、さらに不機嫌になった。今日の一夜は機嫌が悪い率が高い。もしかして逆ナンパ？　とか言ってからかってやろうと思っていたのに、そんな雰囲気じゃなくなってしまった。

「じゃあな」

「あ、うん」

やがて電車が駅に着くと、いつものように一夜が先に降りて僕らは別れた。

電車に揺られながら、僕はもう何も考えないことに決める。が、それも長くは続かなかった。電車から降りて改札口を通るころには、もうとりとめのないことを考えはじめていたのだった。

(俗物、か……)

確かにそうかもしれない。以前は片瀬先輩に憧れながらも高嶺《たかね》の花と諦《あきら》めて遠くから見ているだけだったのに、ちょっと接点ができたと思ったら浮かれて舞い上がって、バカみたいに先輩を意識している。これじゃほかのやつらと変わらない。一夜に俗物と言われても仕方のないことだ。

(でもさ、ああいうことがあったんだ、意識して当然だよなぁ。恰好いいところだって見せたい)

どうしてもそう思ってしまう。

当然の成りゆき。

不可抗力。

「つまり、かまってくれない先輩が悪いっ」

ぐっと拳を握る。

いや、どんな結論だよ？　我ながら素晴らしい思考の飛躍。言ってて虚《むな》しくなる。

「はぁ……」

またため息を吐く。

どうやら一夜の機嫌が悪い率並に僕のため息率も上がっているらしい。ダメだ。肺の空気がなくなる前にさっさと家に帰って気分を変えよう。

そう思って歩調を早めたときだった。


「那智くん、つっかまっえたっ♪」

「わあっ」


突然、誰かが背中にのしかかってきた。首に絡まってくる腕を慌ててすり抜け、後ろを振り返ってみる。

「か、片瀬先輩……！」

「やっほ」

そこには片瀬先輩が立っていた。笑顔とともに胸の前で小さく手を振っている。

「おどろいた？」

「おどろきますよ。当然でしょう。あー、びっくりしたぁ」

そんな僕の様子を見て先輩はくすくす笑う。

この人は驚かせるのが趣味なんだろうか。そう言えば、前にも似たようなことがあった気がする。いや、いきなり飛びついてくるあたり、明らかに以前よりパワーアップしている。しかも、何か背中に、ぎゅむっ、て感触があったし……って、あー、やめた。あまり深く考えないようにしよう。

「どうしたの、那智くん？」

「……」

いや、もう考えないようにしたいんで、ほんと、人の顔を覗き込むのやめてください。

僕が視線を逸らすと、先輩はくすりと笑った。

「那智くんを見てると飽きないわ」

「もしかして僕のこと、からかってます？」

「さぁ？　気のせいじゃなぁい？」

嘘だ。

澄ました顔してるけど、とてつもなく故意犯的な表情だ。

「それにしても……」

そう言って話題を変えながら、片瀬先輩は何か面白いことを見つけたいたずらっ子のような笑みを浮かべた。

「そっか、そっかぁ。那智くん、そんなこと思ってたんだ」

「な、何のことでしょう?」

いやな予感がする。

本日二度目のいやな予感。一度目は見事的中している。

そして、先輩はもったいつけるようにたっぷり間を空けてから言った。


『かまってくれない先輩が悪いっ』


(ひぃぃぃぃ〜〜〜)

大当たり。

百発百中じゃないか、僕の悪い予感は。いやいや、ぜんぜん嬉しくないから。

「えっと、それはですね……」

「かわいいわ、そういうの」

そう言って大人っぽく微笑む先輩を見て、僕はどきっとした。

片瀬先輩はいろんな表情をもっている。人をからかって子どものように笑ったり。そうかと思うと、今みたいな仕草でやっぱり年上なんだと思わせたりする。本当にいろんな顔を持つ人だ。

それに絶対に人を驚かせるのが趣味なんだと思う。

「じゃあ、今度の日曜、あいてる？　どこか出かけようか？」

「は、はい？」

先輩の口から飛び出した思いがけない言葉に、僕は目が点になった。

3'

次に那智くんを見つけたのは第二体育館でだった。

ある日の昼休み、わたしが友達数人とおしゃべりをしていたところ、そこに那智くんが友達とつれ立って入ってきたのだ。中には遠矢君もいて、わたしたちの間でちょっとした騒ぎになった。どうやら定番の3 on 3をはじめる気らしい。遠矢君の話題で盛り上がる友達の話に相づちを打ちながら、わたしはこっそり那智くんだけを見る。

ゲームがはじまった。

途端、彼はどきっとするほど真剣な顔になった。一瞬にして目の前の敵を抜き去り、ゴールに向かってジャンプする。だけど、フォローに入った相手プレイヤーも跳んで那智くんの行く手を阻んでいた。

次の瞬間、わたしは魔法を見た。

那智くんはシュートを撃ちかけた手を止めると、空中にいながらにして相手を避けてから改めてボールを放ったのだ。ボールはそれが当然であるかのようにリングを通った。

それはきっとバスケットボールのテクニックのひとつだったのだろう。でも、わたしの目には魔法にしか見えなかった。そうでなければ、彼の足には翼がついているにちがいない。

次にわたしの目を奪ったもの——それは彼の笑顔だった。

先ほどの真剣な顔から一転して満面の笑み。シュートを決めた喜びからだろう、ただでさえ幼く見える顔が子どものように無邪気に笑う。わたしはその笑顔に見とれた。

「ふうん。なるほどねぇ」

横で親友の四方堂《しほうどう》円が感心したように声を上げた。

見ると円もわたしと同じ方向に視線を向けている。那智くんを見つめていたことがバレた！　わたしは何とか言い繕おうと慌てた。

「いや、あの、わたしは別に……」

「ありゃ巧いわ。スピードもあるし、空中でのボディバランスもいい。それにディフェンダの動きもよく見えてる。そうじゃないとダブルクラッチなんかできないもんね。あの思い切りのよさは、アタシは好きだけど、場合によっちゃ裏目に出るかも。それでも総合的にはレベルは高いわね。賭《か》けてもいい。あの子、中学ンときに男バスでレギュラー張ってたね」

「え？　ええ。そ、そうね」

ほっと胸を撫で下ろす。

どうやら円は純粋にひとりのバスケットボールプレイヤーとして彼を観察していただけで、その体育会系思考はわたしが那智くんに目を奪われていた本当の理由にまでは行き当たらなかったようだ。

「円、ちょっときて」

「ん、なに？　って、おっとと……」

不意に思いついてわたしは円の腕を摑《つか》んで引いた。ほかの友達とは離れた場所につれて行き、話を切り出す。

「何も聞かずにわたしの頼みを聞いて」

「珍しいね、司がそんなこと言うなんて。……いいよ。で、なに？」

「あの子のことが知りたいの。どんなことでもいいから情報を集めてくれない？」

わたしがそう言うと円は大きく目を見開いて絶句する。やはり驚きを隠せない様子だった。むりもない。わたし自身こんなことを言う自分に驚いているのだから。

「なに、司、あの子が気になってるの？」

「ち、ちがうわっ。わたしは別に那智くんとは――」

「那智？」

円がきょとんとして聞き返してくる。……どうやらわたしは思い切り口を滑らせたらしい。

「何も、聞かないでって、言ったのに……。わたし、言ったのに……」

「アンタねぇ、壁に頭押しつけるほど自己嫌悪に陥りながら、そのくせ八つ当たり気味に人を責めるのヤメてくんない？」

ここ最近の自分の迂闊さにちょっとヘコむ。

円はそんなわたしを見て面倒くさそうに頭を掻《か》いた。

「下の名前で呼ぶくらいの仲なら本人に聞けばいいと思うけど。……まぁ、いいわ。一度は引き受けたし、アンタが動くと騒ぎになりそうだからね。じゃあ、まずはそこにいる我ら三年女子の憧れの的、遠矢クンにでもあたってみるか」

円は早速コート脇で那智くんたちを見ている遠矢君に向かって歩き出した。

「ごめんね。変なこと頼んで」

「いいっていいって。気にしないの。それになかなか面白そうな展開になってきてるみたいだしね」

そう言うと円は背中越しに手を振った。

（お、面白そう……？）

今の円の言葉を聞いて微《かす》かな不安が頭をかすめる。

もしかしたら人選を間違えたかもしれない。

§§§

円が集めてきた那智くんに関する情報――

・千秋那智
・現在十五歳（まだ今年の誕生日を迎えていないらしい）
・一年七組　普通科特別進学クラス
・身長百六十センチ
・三年女子による人気投票では二位。
・性別に関係なく人に接し、女の子の友達も多いらしい。
・現在、つき合っている女の子はいない模様（ただし、狙っている上級生の女の子は多いよう）。
・特に仲がいいのは、出席番号の関係で席が前後になった遠矢一夜君。たいていいつも一緒にいる。
・中学の時はバスケットボール部に所属。ただし、レギュラーではなかったとのことで、これに関して円は納得いかないらしく、ずっと首をひねっていた。

翌日、学生食堂で合流したときは、すでに円はこれだけの情報を集めていた。

「さぁて、これから楽しみだわ。撃墜王《エース》の司が、今度は別の意味で墜《お》としにかかるのか。はたまた逆に撃墜されるのか。あぁ、楽しみ楽しみ」

やはりわたしは人選を誤ったらしい。

これでは那智くんと週末にデートの約束をしたなんて、口が裂けても言わないほうがよさそうだ。

第二章 デートと、その後日談

1

日曜日、僕は片瀬《かたせ》先輩を待っていた。

指定された待ち合わせ場所は、我が家から電車で一時間近くかかる駅の地下繁華街。ずいぶんと遠い。

その繁華街の真ん中にある噴水の前がそうだ。駅の改札から少し離れてはいるが噴水にしてはあまりにも前衛的すぎるオブジェがあって、待ち合わせにはわかりやすい。ただし、わかりやすいが故に人が集まり、相手を見つけにくいという微妙に本末転倒な状況が起きているが。

未《いま》だにどういう話の流れでこんなことになったのか謎《なぞ》だが、今日、僕は片瀬先輩と遊ぶことになっている。『聖嶺一《せいれい》の美少女』、『学園のアイドル』と称される、あの片瀬司《つかさ》だ。本当にわけがわからない。

軽い興奮状態で思考能力が低下していたのか、僕がここにきたのは約束より一時間も前だった。うまい具合に噴水の縁《ふち》が空いていたのでそこに腰掛ける。到着から三十分がたち、バカみたいに早くきた自分を呪《のろ》いはじめたころ、事件は起きた。

「ねぇ、君、今ひとり？」

そう声をかけられて顔を上げる——と、そこには二人組の女の人がいた。濃いめの化粧と派手な服装。大学生だろうか。もし高校生だとしたら、速攻、生徒指導室ものだ。

「暇だったらさ、一緒に遊びにいかない？」

あぁ、つまり逆なんちゃらってやつね。面倒なのに引っかかっちゃったな。

「いいえ、人を待ってますので」

ここは日本人らしく曖昧《あいまい》な表現で丁重にお断りしておこう。

「えー、いいじゃん。待たせるやつなんかほっといちゃえ」

「もしかして相手は女の子？」

「……」

日本語の美点を解さない人種だった。人の話を聞けよ。それにふたりの連携もとれてないし。素晴らしく会話が噛《か》み合わない。僕はどっちと話をすればいいんだ？

「全部こっち持ちでいいから。ね？」

要するに奢《おご》りってことらしいが、そういう問題ではない。

「いや、あのですね……」

僕は次の言葉が出てこなかった。

何せ僕の人生でここまで勝手で強引な人間に出会ったことがなく、いったいどんな対処がベストなのかわからないのだ。

この人語を解さない未知の生物に、どう言ったら納得してもらえるのだろうか？　これまでの短い人生の中で習得し、蓄積した語彙《ごい》の中から最適な言葉を探す。……あー、その、なんだ。考えてる間にだんだん悪口フォルダからランダムに取り出してぶつけたほうが手っ取り早くお引き取りいただけるような気がしてきたぞ。

と、そのとき、僕と二人組の間に誰かが割って入ってきた。

軽くウェーブした、ふわふわとやわらかそうな蜂蜜《はちみつ》色の髪が僕の視界に広がる。見間違えるはずがない。片瀬先輩の髪だ。

「人の友達を勝手につれていこうとしないでくれます？」

ぴしゃりと言い放つと、片瀬先輩は相手の反応も見ずこちらを振り返った。

「行くわよ、那智《なち》くん」

そして、僕の手を握ると足早に歩き出した。

「えっ？　あ、あの……。ええっ⁉」

言葉がうまく出てこない。周囲から音が消えた。視覚情報と思考がリンクしない。つまり平たく言うと……パニック？

まずは状況確認だ。

先輩が僕の手を握っている。先輩の手はすごくきれいでやわらかい。

（けど、めっちゃくちゃ痛い……）

握っているというよりは無造作に摑《つか》んでいる感じ。歩調は荒く、僕を引っ張ってずんずん突き進んでいく。

僕はおそるおそる聞いた。

「せ、先輩、もしかして怒ってます……？」

「怒ってます！」

うわあ、丁寧語だ。

片瀬先輩は僕のほうへ振り返りながら即答した。合わせて僕の足も止まる。まるでダルマさんが転んだのようだ。摑んでいた手が離れた。

片瀬先輩は顔を突き出して、僕に迫ってきた。反射的に僕は頭を後ろに引く。それから先輩は右目だけで見るようにして睨《にら》んできた。ものすごーく睨んでいるが、もとがかわいいのでどこか迫力に欠ける。怒っているというよりも拗《す》ねているように見えた。

先輩はきれいな指を僕の鼻先に突きつけて言う。

「気をつけなきゃダメよ。那智くんかわいいから、ああいう変なのがすぐに寄ってくるんだから」

　その注意はどうかと思う。僕は子どもか？

「えっと……」

「わ、か、り、ま、し、た、か！」

　一音ごとに指を振って、先輩の指がさらに近づいてくる。仰《の》け反《ぞ》った上体を起こせば鼻に突き刺さりそうだ。これで今なにか反論したら本当に指で鼻っ柱を突かれかねない。鼻ならいいが、目だったらさぞかし痛いだろう。

「……ごめんなさい。気をつけます……」

「はい、よろしい」

　そして、破顔一笑。

　先輩はいつもの先輩に戻り、僕はほっと胸を撫《な》で下ろした。

「じゃあ、いきましょ」

「え？　いくって、どこにですか？」

　僕が聞き返すと、すでに歩きはじめようとしていた先輩が再び振り返った。くるりんくるりん、と何度も向きを変える先輩の動きがコミカルで少し面白かった。

「そうねぇ。じゃあ、まずは約束を守るとしましょうか」

「約束？」

なんだったっけな？　と首を傾《かし》げる僕に、片瀬先輩はただ微笑《ほほえ》んでみせるだけだった。

§§§

そうしてつれてこられました地下街のファッションエリア。

「ここがよさそうね」

ひと通り回ってから、片瀬先輩は一軒のショップを選んだ。選考基準は不明。先輩に続いて中に入り、ようやくそこがメンズファッションの店だと判《わか》った。

「ところで那智くん。今、そのシャツの下はどんなの着てる？」

ふいに神妙な顔で先輩は妙なことを聞いてきた。

因《ちな》みに、本日の片瀬先輩は、すらりとスマートなパンツルック。一方の僕はというと、無難にワークシャツ姿だった。

「ただのプリントTシャツですが？」

「ふうん」

そのまま先輩は僕の胸のあたりを見つめて考え込む。体をじっと見られるのは、顔を見つめられるのとはまた別の恥ずかしさがあるな。

「ちょっと見せて」

そう言うと先輩は僕のワークシャツに手を掛け、ボタンを外した。

「ななな、何を……」

「はい、ちょーっと動かないでねぇ」

慌てふためく僕をよそに先輩はとめていたボタンをひとつずつ外していく。三つ外したところでシャツが左右に開かれ、英字のプリントが露《あら》わになる。

「地味過ぎず主張し過ぎず。なかなかいいチョイスだと思うわ」

たかがTシャツをここまで真面目《まじめ》に誉《ほ》められたのは初めてだ。先輩はそれだけ言ってから商品に目を向け、物色しはじめた。やがてアイテムをいくつか選び出してきて、僕に差し出してきた。

「じゃあ、まずはこれから」

「……何です、これ？」

わけがわからず僕は思わず訊《き》き返した。

「何って……ほら、前に言ったでしょ？　わたしに服を選ばせてくれるって約束」

そう言えば確かにそんな話があった気がするけど、あれって約束ってほどのものだったっけ？　でも、まぁ、先輩が完全にその気になっているし、仕方なく僕はフィッティングルームに入った。こんなことなら脱ぎにくいバッシュなんて履いてくるんじゃなかったな。

それからが大変だった。僕が着替えて出ていくと先輩はすでに次の服を持って待っていて、「次はこれね」「今度はこっち」「上だけこれと替えてみて」と、次から次へと渡してくるのだ。脱いだり着たりするだけだが、三十分もやればかなり疲れる。しかも、途中から店員までが加わって「あら、かわいい」「これなんてどうでしょう?」なんて、明らかに楽しんでる様子。これじゃまるで着せ替え人形だ。

（しかも、セーラーカラーのマリンルックって、絶対ネタだろ……）

で、結局、ストバスでもやりそうなストリートファッションに収まった――のはいいんだけど、ボトムがハーフのカーゴパンツってのはちょっとな。いや、似合うやつは似合うんだろうけど、背の低い僕が着るとまるで子どものようだ。

「よく似合ってるわ、那智くん。じゃあ、それはわたしからのプレゼント。今日はこれでいきましょ」

「えっ?　いや、そんなの悪いですよ」

さすがにそんなわけにはいかない。試着を繰り返していれば値札にも目がいく。ひとつひとつを見れば目が飛び出るほど高いわけではないけど、合わせればそこそこの値段になるはずだ。

「いいの、気にしないで。服を選んであげるっていうのは、そこまで責任を持つことだと思ってるから、わたし」

「でも……」

「じゃあ、この前助けてもらったお礼。それならいいでしょ?　……店員さん、あとお願いします」

押しつけるようにして言うと、片瀬先輩は精算にいってしまった。僕も後を追いかけようと思ったが、タグやら値札やらを外すのに店員に捕まり、動けなくなった。あそこまで言われて断るのは、先輩の気持ちを考えていないようで逆に失礼なのかもしれない。ここは素直に受け取っておくべきか。今日この後、多少なりともこれのお返しができる機会があればいいけど。

やがて片瀬先輩が戻ってくるのとほぼ同じくらいに、僕も解放された。

「はい、わたしからもうひとつプレゼント。えいっ」

「わあっ」

いきなり先輩に乱暴にキャップをかぶせられ、僕の視界が真っ暗になった。

「何をするんですか、もう……」

顔を覆うほど深くかぶせられたキャップを上げると、目の前に先輩の顔があってどきっとした。

「那智くんに似合いそうなのがあったの。……貸して」

だからってそんないたずらをしなくてもいいだろうに。

片瀬先輩はキャップを手に取ると、もう一度ちゃんとかぶせてくれた。が、そこにもこだわりがあるらしく、角度を変えては顔を引いて全体像を確認してまた角度を変えて、を何度も繰り返した。

（うわー、うわー、うわー！）

　一方、僕は、先輩の顔が目の前にあるせいで、心臓が早鐘を打っていた。視線が頭に向けられているのだけが救いだ。

「よし、できたっ」

　ようやく納得できる位置に落ち着き、片瀬先輩は満足そうに笑顔を浮かべた。しかし、まぁ、何だ。いよいよキッズファッションじみてきたな。

「お似合いですよ」

　店員はニコニコと笑顔で言うが、僕は何となく微妙な気分だ。姿見を見る限り、似合ってなくもない。だからこそ男としては微妙なわけで。こういうスタイルも似合う恰好《かっこう》いい男になりたいものだ。

「嬉《うれ》しいわ。ありがとう」

　僕が素直にお礼を言えずにいると、先輩が先に返事をした。やはりコーディネイトした本人としても誉められることは嬉しいのだろう。

（何かどっと疲れた……）

　店を出て、地下街を歩きながら僕は思った。

　先輩と合流して、服を選んでもらった。言葉にすればただそれだけのことなのに、何だろう、この疲労感は。やっぱり片瀬先輩といることで緊張しているのだろうか。

　時間はようやく正午。まだまだ先は長そうだ。

2

何でこんなことになったんだろうと、本気で思う。

四月に聖嶺学園高校に入学してから、僕には憧《あこが》れている先輩がいた。片瀬司という名のその先輩は『聖嶺一の美少女』ともっぱらの噂《うわさ》で、実際に間近で見ると本当に人形のようにかわいらしい人だった。

だけど、しょせん憧れは憧れ。

先輩は触れることの叶《かな》わない高嶺《たかね》の花で、僕の高校生活には何の関係もない人だと思っていた。

なのに、その片瀬先輩が僕の横にいる。

何でこんなことになったんだろうと、何度も思う。


僕たちは今、ファーストフード店にきていた。

昼食時で店内は混んでいて、二階の窓際に設置されたカウンターのような席に並んで座っている。目の前は全面ガラス張り。眼下には往来を行き来する人の姿がよく見えた。

そこでハンバーガーなどを頬張《ほおば》っていたりするわけだ。

「やっぱり那智くんは小さくても男の子よね。そんな大きなハンバーガーを食べられるなんて」

面と向かって小さいって言っちゃいますか。

まぁ、確かに体は小さいが食欲は旺盛《おうせい》。それに見合うだけの胃袋もあるようで、僕は店でいちばん大きなハンバーガーを食べている。反対に片瀬先輩が頼んだのはいちばん小さなやつだ。

「ほら、那智くん、こぼしてる」

「んお？」

言われてやっと気づいた。本当だ。ズボンのところにパンくずがこぼれてる。僕は慌ててそれを払い落とした。幸いソースなんかはこぼれてなくて、先輩に買ってもらったばかりの服が汚れるようなことはなかった。

だいたいこのハンバーガー、バンズとパティが二層になっていて、日本人向けのサイズじゃないんだよな。食べ方がどうしても豪快、且《か》つ、乱雑になる。小さなハンバーガーを小さな口で上品に食べている先輩と大違いだ。

やがて僕は巨大バーガーを食べ終わったが、先輩はまだ三分の一ほど残っていた。

「ポテト、食べる？」

ジュースをストローで吸っている僕に片瀬先輩が聞いてきた。先輩はバーガーショップお決まりの三点セットを注文していたが、僕は巨大バーガーとジュースだけだった。

「いいです。もうお腹《なか》いっぱいなんで」

「そう？」

納得していないような先輩の返事。

今の僕ってそんなにまだ食べ足りないような顔をしてるんだろうか——そんなことを考えていると目の前に、すっと先輩の手が伸びてきた。その指にはポテトが一本。

「ホントに？　ホントにいらない？　食べちゃっていいのかなぁ？　ほらほらー」

「……」

目の前でポテトが揺れ、それがゆっくりと口のほうに寄ってくる。

「……はぐっ」

「きゃあ、釣れた釣れた！」

ポテトに食らいついた僕を見て大喜びする先輩。

(釣られてしまった……)

片瀬先輩って何でこんな子どもっぽいことが好きなんだろう？　先輩のことを聞いて回ったときにはそんな情報はなかったけどな。一夜《いちや》が言うように三年生からも話を聞いておいたほうがよかったのかも。

「那智くんにあげるわ。ぜんぶ食べていいわよ」

「……いただきます」

先輩がポテトを丸ごとトレイに置いてくれたので、僕はそれを遠慮なくもらうことにした。

「ごちそうさまでした。……さぁて、次はどこに行こうか？　那智くんはどこか行きたいところある？」

ようやく食べ終えた先輩が聞いてきた。

「いえ、僕のほうは特に。先輩は？」

「わたし？　そうねぇ、候補としてはゲームセンタにカラオケ、あと、最近行ってなかったからボウリングとかも行きたいかな？」

指折り数えながら候補を並べていく。

「意外と普通なんですね」

「うん、普通よ」

先輩はさも当然のように、さらりと言った。

「わたしのこと何だと思ってたの？」

「何って……」

なんだろう……？

片瀬先輩は僕の憧れで、聖嶺一の美少女。

でも、今、僕の隣にいて、みんなが遊びにいくような場所に遊びにいこうとしている。

（ああ、そうか。僕は片瀬先輩を『片瀬先輩』としか見てなかったんだ）

『聖嶺一の美少女』、『学園のアイドル』と呼ばれる片瀬先輩を僕は心の中で偶像化し、理想を重ね、勝手に近寄りがたい存在にしてしまっていたのだ。

だけど、何てことはない。

実際は僕と同じ高校に通う先輩で、ふたつ年上の女の子。ファーストフードで昼食をとるし、ゲームセンタにも行く。普通の女子高生なんだ。

僕は何だか嬉しかった。

「やっと笑った」

ふと、先輩が言う。

「え？」

「那智くん今、笑ってた」

どうやら僕は嬉しくて、顔から自然と笑みがこぼれていたらしい。

「心配してたの。那智くん、わたしの前ではぜんぜん笑わないから」

そりゃあ片瀬先輩の前だもの。緊張してぎくしゃくして、笑う余裕なんてなくなる。

でも、それだけじゃなかったんだろうなと今は思う。

「近くで見る那智くんの笑顔、とても素敵よ」

いきなり、大人の顔で先輩は言うのだった。

（ホント、心臓に悪いなぁ）

あー、えっと……。先輩が特別な人じゃないとわかってても、真正面から見つめられてこんなことを言われるとどきどきするわけで。

§§§

それから、僕らは遊び回った。

ゲームセンタにも行ったし、片瀬先輩がやりたいと言っていたボウリングにも行った。カラオケは時間の都合でまた今度ということになった。……うん？　また今度？

「次はね、スイーツのお店。那智くん、ケーキとかは大丈夫？」

歩きながら先輩が次なる目的地について語る。

「ぜんぜん大丈夫です。甘いものはけっこう好きですから」

「そう、それならよかったわ。男の子だからそういうのはダメかと思った。そこはわたしのオススメ。このあたりにくると必ず行ってるかもしれないわね」

自分で言っていて恥ずかしかったのか、片瀬先輩は照れたように笑った。

「ああ、それが目的だったんですね。今日の待ち合わせをここにしたのは」

ちょっと茶化すように言ってみた。

最初から変だと思っていたんだ。待ち合わせをするにしては、家から一時間というのは遠すぎる。もっと近くでもよかったはずなのに。

「え？　あ、うん、そう。そうなのっ」

見事な狼狽《ろうばい》っぷりだ。何を慌てているのだろう？

「先輩？　……わあ⁉」

突然、僕がかぶっていたキャップが先輩の手で思いっきり下げられた。ツバが視界の半分を塞《ふさ》いでいる。

「何を――」

「上げちゃダメ」

僕の言葉を遮るように先輩が言い、僕は手を止めた。

いったい何ごとかと思ったそのとき、

「あっれー、司じゃない」

前方から女の子の声が聞こえた。目深に下げられたキャップを上げられないため、僕は顎《あご》を上げて前を覗《のぞ》き見る――と、そこにいたのはどこかで見た覚えのある二人組の女の子だった。僕の記憶に間違いがなければ、確か片瀬先輩のクラスメイトだったはず。

「何やってんの、こんなところで」

「うん、ちょっとね」

曖昧な返事で誤魔化《ごまか》す先輩。

「ん？　後ろの子は？」

が、ひとりが目ざとく僕を見つけた。まぁ、先輩の斜め後ろにいるだけで、隠れているわけじゃないし。

「ふふん♪　わたしたち、どう見える？」

質問に対して質問で返すのはいけないと思います。

「もしかして、彼氏……なわけないか。かなり年下っぽいもんね」

「あら、そうよ。今つき合ってる子」

「ッ⁉」

片瀬先輩はあっけらかんとした口調でとんでもないことを言い出す。思わず声を上げそうになって、どうにか堪《こら》えた。

「シンヤくんって名前でね。年下も年下、まだ中学三年なんだから」

「うそぉ⁉」

「とうとう司が⁉」

口々に驚く二人組。この反応からして、片瀬先輩には今も過去も特定の男がいないという情報は真実のようだ。

「ほら、シンヤくん、挨拶《あいさつ》は？」

「あ、はい」

たぶん先輩は嘘《うそ》か冗談で逃げ切ろうとしているのだろう。ならば、ここは僕も話を合わせておくのがベストか。

「南第二中のアイバシンヤです。どうも」

かと言って、あまりしゃべるとボロが出そうだ。自然、口数も少なくなるし、キャップを上げて顔を見せることもできない。今の僕はさぞかし無愛想なやつだろう。

「あー、いたいた。人に買いにいかせておいて、なに勝手に移動してんのよ」

と、今度はさらに別の人物の声が聞こえた。

声は女の子のものだけど、話し方がえらくサバサバしている。気になって顔を上げると、器用にも両手に合わせて三本のソフトクリームを持った女の子が近づいてくるところだった。

（あ……）

こっちは二人組以上に見覚えがあった。赤毛のロングに長身はまだ記憶に新しい。この前、体育館で一夜に声をかけていた上級生だ。

そのとき、僕の横でかすかに「くはぁ」という、ため息にも似たうめき声が聞こえてきた。片瀬先輩のものだ。がっくり肩を落としている。

「じゃ、じゃあ、わたしたち、もう行くわ。……行きましょ、那……じゃなかった、シンヤくん」

そう言うと先輩は僕の手を摑んで、その場から逃げるように歩き出す。その様子は明らかに動揺していた。

§§§

「危険人物……ですか？」

「そう。危険人物」

件《くだん》のスイーツの店に入り、陽あたりのよい窓際のテーブルで注文を終えると、片瀬先輩が「彼女は危険人物よ」と言った。彼女というのは、先ほどソフトクリームを持って現れた赤毛の先輩のことらしい。

「四方堂円《しほうどうまどか》。奇《く》しくも小学校五年から中学の三年間までずっと同じクラスだった親友よ。わたしが美術科、あの子が体育科で入学したから、聖嶺に入ってからは当然別のクラスだけどね」

「体育科……」

言われてみれば確かにそんな感じだった。長身でボディバランスのよさそうな、しなやかな印象を受ける。

「親友なのに危険人物なんですか？」

「親友だから、よ」

わかるようなわからないような表現だ――そう思っていると、店員が注文したものを運んできた。先輩がカプチーノとティラミス、僕はアメリカンにモンブランだ。

まずはコーヒーで喉《のど》を潤そうとテーブルにあるスティックシュガーを手に取る。向かいでは片瀬先輩がこの店のことをいろいろ話していて、それを聞きながら砂糖を次々と放り込む。

「ねえ、那智くん?」

ふいに先輩が僕の名を呼んだ。

「それで三本目なんだけど?」

僕はスティックシュガーの封を切ったところで手を止めた。

「ダメですか?」

「ううん、ダメじゃないけど……ものすごいことにならない?」

「僕、これくらい入れないと飲めないんですよ。やっぱり高校生だからコーヒーくらい飲めないといけない気もするし」

「むりすることないのに」

先輩はおかしそうにくすくすと笑う。

「……先輩はティラミス、好きなんですか?」

何だか形勢が不利になってきたので、僕は話題を変えることにした。

「ええ、好きよ。わたしが生まれる前にブームがあったらしいけど、そんなのに関係なく初めて食べたときから好きね」

それで先輩はティラミスを注文したのか。僕のほうは、ただ単に店オリジナルのデコラティブで洒落《しゃれ》たお菓子を見てもピンとこなかったから、オーソドックスなモンブランを頼んだだけなのだけど。

それから少しの間、僕たちは黙ってケーキを味わった。

片瀬先輩がカップを口に運ぶ所作はとても優雅で、僕はしばらく見惚《みと》れていた。先輩が時折見せる大人の仕草が、どうしようもなく僕を魅了する。だけど、今の先輩は何か考えごとをしているようで、僕の無遠慮な視線には気がついていない様子だった。

「ホントはね、ちがうの」

前触れもなく、先輩が口を開いた。

「え？」

「会う場所をこんなところにした理由。さっきはこのお店にきたかったからって言ったけど、あれは嘘。本当は那智くんと会ってるところを誰にも見られたくなかったから」

そう言えば、以前に学校で僕を無視したときも同じ理由からだったな。普段から何かと注目される人だから、妙な噂が立つとやりにくくなるのだろうな。

「それなのにまさか友達と会っちゃうなんて。ホント、ツイてないわ」

本当のことを白状して気が楽になったのだろうか、片瀬先輩は力の抜けた様子で口をへの字に曲げる。

「だからあんな嘘を？」

僕は先輩が友達相手にしれっと吐《つ》いたさっきの嘘を思い出していた。

「ええ、そう」

「にしては、思い切った嘘でしたね」

「隠しごとをするときはね、嘘の中にいちばん隠したいことを埋もれさせるのが巧《うま》いやり方なのよ」

と、無邪気ないたずらっ子の顔で片瀬先輩は笑った。

そのまま僕を見つめてくるが、そんな先輩の表情に何度も痛い目に遭わされている僕は、その視線から逃れるように顔を逸《そ》らした。ていうか、どんな表情だろうと先輩の視線に耐えられるほど、僕は図太くできていない。

ガラスの壁一枚隔てた表の通りに目を向ける。

「先輩？　どうやら今日はいよいよツイてないみたいです」

「どういうこと？」

先輩が聞き返してくる。

「僕の友人がいました」

そこに我が友人、遠矢《とおや》一夜がいたのだ。

表通りをひとりで歩いている。今の一夜は、薄い水色のレンズのプライベート用の眼鏡をかけていて、相変わらずの知的美少年っぷりにクールさ三割増だ。

幸いにして僕たちに気づいた様子はなく、通り過ぎようとしている。

「あれって遠矢くんよね？」

片瀬先輩も僕と同じ方向に目を向けている。

「知ってるんですか、一夜のこと」

「ええ、有名よ。三年生の間では一番人気らしいわ」

「一番人気？　何です、それ？」

今度は僕が聞き返す番だった。先輩のほうを見ると、まだ一夜を目で追っていた。

「言葉のままよ。新入生の人気ランキング・ナンバー1」

「そんなのあるんですか⁉」

ちょっと呆《あき》れたが、同時にわからないでもない話だと思った。僕らの間で言っている『聖嶺一の美少女』だって、それと同じようなものだ。結局、どこも似たり寄ったりの話題で盛り上がっているということなのだろう。そして、あの一夜が一番人気だというのも十分に納得できた。

僕は純粋な興味で聞いてみる。

「因みに二番って誰なんですか？」

その瞬間、ぴたり、と片瀬先輩の動きが止まった。

「……さぁ？　知らないわ。わたし、そういうの興味ないから」

一気に氷点下まで下がったような口調で先輩は言う。そして、もうこれ以上しゃべらないという意思表示なのか、カップを唇に運んでその口を閉じた。

気まずい沈黙が僕たちの間に降りる。

その重い空気から逃れるように目を外に向けると、一夜の姿はもう小さくなってしまっていた。最後まで僕たちには気づかなかったようだ。僕としてはちょっと寂しい。せっかくこんなところで見かけたのだから、声くらいかけたかったのだけど。

ちょうど一夜の背中が人混みに消えたところで、先輩がようやく口を開いた。

「三年の何人かが交際を申し込んで断られたらしいわ」

「え？　……ああ、一夜のことですか」

一瞬何のことかわからなくて反応が遅れた。

「へぇ、そうなんですね。ぜんぜん知りませんでした」

何だよあいつ、自分には縁がないみたいな顔して、僕の知らないところでそんなことをしていたのか。

「那智くんは？」

片瀬先輩が問うてくる。

「何がです？」

「女の子からの告白。あるんでしょ？」

まるであるのが当然のような口ぶり。

「うーん、残念ながら」

「ええっ⁉」

先輩はえらく盛大に驚いた。そりゃあもう、こっちがびっくりするくらいに。

「そんなに驚くことですか？」

「変ねぇ……」

先輩は指で顎をつまんだまま、テーブルの上のカップに視線を落として考え込んでしまった。何が変なんだか。

「ほら、僕ってこんな見た目でしょ？　だから、同い年の女の子からしたら頼りなく映るんじゃないですか」

「でも、年上からしたらとてもかわいいわ。きっとこれからね」

そのまさしく年上らしい笑みを見せる片瀬先輩。

実は過去にひとりだけ特別だった女の子がいるのだが、わざわざ言うこともないか。

（もしあのとき、僕がもっと強くあれたなら、またちがった『今』があったのかも……）

思わず詮無《せんな》いことを考えかけて、それを頭から追い払う。

「ま、僕としてはそういうのはないほうがいいんですけどね」

「あら、どうして？」

「好きでもない人から打ち明けられてもね。そもそも知らない人だったら断る以外ないわけですよね？　それで相手に辛《つら》そうな顔されたらもう最悪。何だか悪いことした気になります」

　僕がそう言うと先輩は、「那智くんらしいわ」と小さく笑った。

「じゃあ、告白してきた子がかわいくて一目惚《ひとめぼ》れってパターンはありそう？」

　興味津々といった様子で、先輩はさらに質問を投げかけてくる。

「ないんじゃないかなぁ？　……そういう先輩は？」

「わたし？　そうねぇ……ある、かな？　相手は噂でだけ聞いてた男の子で、実際に会ったらすごく恰好よかったの」

　となると、最初に惹《ひ》かれたのは容姿なわけか。

「それから気になってその子のことを見てたら、いろんなことがわかってきた。笑顔がかわいいとか、何かに打ち込んでるときの一生懸命な顔が素敵だとか、ね。もっともっと知りたいと思った。ちょっと変則的だけど、これも一目惚れかしら」

　まぁ、カテゴリ的には同じフォルダに振り分けてもよさそうだ。

「それで？　結果はどうなったんですか？」

「さぁ？　ナイショ」

「うわ、なにそれ。せめて先輩が好きになった相手だけでも。どんな人だったんですか？　同じ学年？　それとも上級生？　それっていつごろの話なんですか？」

「知らなーい」

　そう言って先輩は微笑む。素《す》っ惚《とぼ》ける気満々だ。

「気になる？」

「なります」

「ふぅん。でも、おしえてあげませーん」

「むぅ……」

ずるいよな。そこまで聞いたら気になって当然じゃないか。

「あれ？　もしかして怒った？」

「……別に。これくらいで怒るほど狭量《きょうりょう》じゃないつもりです」

「ほら、ティラミスあげるから機嫌なおして」

先輩はティラミスの最後のひと口をフォークに乗せて僕に差し出してきた。

「美味《おい》しいよぉ？」

「……はぐっ」

ま、ここは空気を読んでってことで。

§§§

「今から帰ったらちょうどいいかな」

店を出るともう陽が傾きはじめていた。なにせここから我が家まで一時間はかかる。たぶん、家に着くころには真っ暗になっていることだろう。

「今日は楽しかったわ。いろんな那智くんが見れたし。……那智くんは？」

「僕もです」

僕も遠くから見てるだけではわからない片瀬先輩を見ることができた。

「そう。よかったわ。……だからね、もう遊んでもらえないからって拗ねたらダメよ？」

「だっ、誰が拗ねたんですか、誰がっ⁉」

そういう子ども扱いは心外なので激しく抗議させてもらう。

「おやー？」

だけど、先輩はにっこり笑って僕の顔を覗き込んでくる。この笑いは僕の苦手なあの笑いだ。ものすごくいやな予感がする。

「『かまってくれない先輩が――』」

「おっしゃる通りです。拗ねてました。僕が悪かったです」

本当にいやな人だな。

「正直でよろしい。……いい？　今日のことは秘密よ？」

「そうですね。そのほうがいいと思います」

片瀬先輩には片瀬先輩の事情がある。

だから、秘密。

変な関係だな。

でも、ちょっと面白いかもしれない。

3

明けて月曜日、学校に行くと大変なことになっていた。

「聞いたか、なっち」

朝、教室に這入《はい》ると、まだ席にも辿《たど》り着いていないうちからトモダチに声をかけられた。何を聞きつけたのか知らないが、やや興奮気味だ。

「何の話？　あと、なっち言うな」

「我らが片瀬先輩に彼氏がいたんだよ」

「ええっ⁉」

自分でもびっくりするくらいびっくりした。教室中のクラスメイトが何ごとかと全員こっちを向いたくらい驚いた。

「しかも、相手が中三ってんだから驚きだ。名前はアイバシンヤ。南第二中らしい」

「……」

あー、それって……。

「ふっふっふ、驚きで声も出まい」

何を勝ち誇っとんのだ、この男は。つーか、情報ダダ漏れじゃん。

「ところがっ」

「ま、まだ何かあるの？」

「ああ、ここからがミステリだ。なんと南第二中にアイバシンヤなんてやつはいなかったんだよ、これが」

「へ、へえ……」

それはそうだろう。学校は実在するけど（僕の出身校だ）、名前は口から出任せの嘘っぱち。いるはずがない。いたらそれは同姓同名さん。その場合はえらいとばっちりだっただろうな。

「その話、どっから流れてきたの？」

「どこって、お前、もう学校中その話で持ち切りだぜ？」

うわあ……。

（何だかとんでもないことになってるなぁ……）

とりあえず自分の席に着く。

後ろは一夜の席。一夜はもうすでに登校していて、静かに文庫本を読んでいた。

（そういえば、昨日、一夜を見かけたんだったな）

机の上に鞄《かばん》を放り出してから座る。

「おはよう、一夜」

「おはよう」

と、答えてから一夜は、ぱたん、と本を閉じた。

「ど、どうしたの？」

一夜が挨拶されたくらいで読書を中断したのでかなり焦《あせ》った。なぜ今日にかぎってい
つもとちがう行動をとる？

「どうもせん」

しかも、機嫌が悪そうな声。

一夜は何か話をするわけでもなく、黙ったまま僕を見ている。恐ろしく居心地が悪い
のは僕に後ろめたいところがあるせいだろうか？　何か話題を振らないと視線に射抜か
れそうだ。

「何だか大騒ぎになってるね」

よりによってこの話題か。我ながら見事なミスチョイスだ。

「みたいやな。あの片瀬先輩に男がおったとか」

「あ、一夜も知ってるんだ」

何なんだこの情報伝達速度の速さは？

「相手は南第二中のアイバシンヤ。現在中三って話やけど、それ、お前やろ？　……待
て、逃げんな」

「放してくれよ。今日はガス管の工事がくるんだ。すぐに帰らなきゃいけないんだよ

っ」

「わけのわからんこと言っとらんと座れ」

一夜は、逃げ出そうとした僕の後ろ襟を素早く摑むと、力ずくで僕を席に戻した。

「いやだよ。僕は帰りたいんだ。こんなことしてただですむと思うなよ。あとでひどいぞっ」

「涙目で逆ギレられても困んねんけどな」

一夜は僕の頭を摑んで引き寄せた。額《ひたい》と額がくっつきそうなほど接近する。

「まず黙れ。みんなこっち見とる。宮里《みやさと》あたりに見つかったら収拾がつかんようなる」

それは確かに厄介《やっかい》だな。サトちゃんがアグレッシブモードで突撃してきたら、きっと根ほり葉ほり聞かれるにちがいない。サトちゃんマジビッグモス。

こくこく、と黙ってうなずいて一夜に応《こた》える。

「よし。じゃあ、ぜんぶ話せ」

「……おい」

結局、一夜か宮里かってだけの話で、根ほり葉ほり聞かれるのは同じなんじゃないか。

「なるほど。ようわかった」

ひと通りこれまでの経緯を話し終えると、一夜は納得したようにうなずいた。

「ところでさ、何で僕が先輩と一緒にいたこと知ってるの？」

「お前が俺を見かけたってことは、俺にもお前を見つける機会があったってことやろが」

「あ、そうか」

ニーチェ先生が言うところの深淵《しんえん》みたいなものか。

顔を寄せて小声で話す僕と一夜。怪しいことこの上ない。こっちのほうがよっぽど宮里の目を引きそうだ。実際、隣の列に座る砂倉《さくら》さんがちらちらこちらを見ている。

「問題はどこからこの情報が漏れたかだと思うんだよね」

昨日の出来事が今日の朝には知れ渡っていた。しかも、アイバシンヤの身辺調査をした形跡まであるときたもんだ。えらく行動が早い。

「そんなもん簡単に絞り込めるわ。ただ単に片瀬先輩が男とつれ立って歩いてたってだけならまだしも、具体的な情報が流れとんや。なら、『南第二中のアイバシンヤ』を知っとる人間やろ」

「それで言うと、一夜は外れるわけだよね？」

一夜は僕らを見かけただけで、先輩の嘘を聞いていない。

「そうなるな。……なんや、疑っとったんか？」

「ってわけじゃないけどね。となると、あの三人しかいないよなぁ」

昨日会ったのは先輩の友達三人だけだ。

その中で特に思い出されるのが、四方堂円先輩だ。片瀬先輩の親友で——危険人物。

（あの人、なのかなぁ……？）

なにせ危険人物だものな。

そんなことを漠然と思っていると担任の尾崎《おざき》先生が入ってきた。いつの間にかチャイムが鳴っていたらしい。すぐに朝のショートホームルームがはじまり、一夜との話も答えの出ない思考も中断された。

§§§

「一夜、僕、学食行くから」

四時間目の授業が終わって昼休みになると、僕は真っ先に一夜にそう告げた。

一夜はちょうど鞄から弁当箱を取り出そうとしているところだったらしく、僕の言葉を聞いてその手を止めた。

「弁当忘れたんか？」

「ていうか、寝坊して作る時間がなかった。だもんで、今日は学食」

どうも昨日、片瀬先輩と長い時間一緒に過ごしたことは、自分で思っていた以上に気疲れの原因になっていたようで、夜は早々に寝て爆睡。今朝はいつもより三十分以上も遅い目覚めだった。

「つき合うたるわ」

一夜は簡潔、且つ、素っ気なく言うと立ち上がった。

「え？　弁当は？」

「持って帰る」

聖嶺では昼休みの学食では学食のメニューを食べる生徒が優先、弁当を持ち込んで食べるのはご法度、というのが暗黙の了解になっている。よって、自然一夜もそういう選択肢になるのだった。

「ほら、行くで」

「あ、うん」

即断即決。歩き出した一夜の後を、僕は慌てて追った。

昼休みの賑《にぎ》やかな廊下を並んで歩く。一夜は無口なのであまり自分から話を切り出すことはない。それはもっぱら僕の役目だ。が、今は珍しくその一夜が先に口を開いた。

「那智って、もしかして自分で弁当作ってんか？」

たぶんさっきの会話から推測したんだろう。

「あれ？　言ってなかったっけ？　自分で作ってるっていうか、僕、目下のところひとり暮らし。父さんが転勤になってね、それに母さんがついて行っちゃったんだ。父さん、仕事はできる人なんだけど家事の類《たぐい》がからっきしで、母さんがいないと三日で飢えて死にそうだから」

「……初耳や」

一夜の声にはわずかに驚きの色が含まれてた。

「姉貴に頼んだろか？」

「へ？　なにを？」

「弁当。頼めばもうひとつくらい余分に作ってくれるやろうしな。那智、毎朝早よ起きて作るんも面倒やろ？」

「あははっ。いいっていいって。それに僕、けっこう弁当作るの好きなんだ」

「そうか」

そう言って一夜は残念そうな顔をした。

「なに、どうしたの、一夜。やっさしーの。一夜がそんな優しいやつだったなんて、僕びっくり」

「アホ。死ね。お前にはもう頼まれても頼んだらん」

おお、照れてる。

照れて言ってることが無茶苦茶になってる一夜がちょっとかわいかった。なるほど、僕をからかう片瀬先輩の気持ちが少しわかった気がする。

「一夜ってお姉さんがいて、そのお姉さんが弁当作ってくれてるんだな」

「……」

おおぅ、無視⁉

とは言え、ただ単にさっきのことを怒って無視しているだけではなく、何となくほかにも話したくない事情がありそうな感じだった。

「よっ、おふたりさん。となり座らせてもらうよ」

一夜と向かい合わせで昼食をとっている最中、聞き覚えのある声が聞こえた。顔を上げると、そこには危険人物——四方堂円先輩がいた。

本日も四方堂先輩はどこぞのクラブのジャージ姿だった。

「どうぞご勝手に。そこ空いてるから好きに座らはったらええわ」

一夜が先に答える。

今の今まで僕と普通にしゃべっていた一夜が、一気に不機嫌になった。体育館で話しかけてきた四方堂先輩の印象がそんなに悪かったのだろうか。

「そっか。いや、ほかにも誰かくるかもしれないと思ってさ、いちおうね」

一夜のぶっきらぼうな言い方にも気にした様子はなく、四方堂先輩は持っていたトレイを置き、自分もイスに腰を下ろした。一夜の隣だ。

聖嶺学園の学生食堂はわりと広めに確保されていて、多少混雑しても座る席がなくなるようなことにはならない。が、そろそろまとまった空席を探すのに苦労する程度には混んできたようだ。

「じきにアタシの相方がくると思うから、そこ取られないようによろしく」

どうやら僕に言っているらしい。僕の隣、四方堂先輩の正面がちょうど空いている。会話が止まってしまった。

食べながら僕は四方堂先輩を窺《うかが》い見る。まず、体育科にしては珍しく髪が長い。今はポニーテールにしているが、昨日の私服のときは下ろしていた。それにこうして間近で見ていると、スタイルのよさがよくわかる。体育科に所属しているせいだろうか、男っぽい話し方をするが、悪い印象はなかった。性格もこれくらいさっぱりしているなら、案外好きになれそうだ。

ただし、片瀬先輩の件を言いふらしたのがこの人でなかったらの話だけど。

(やっぱりこの人なんだろうか……?)

見た目通りならそんなことをするようには見えない。なら、なぜ片瀬先輩はこの先輩のことを危険人物と言ったのだろう?

「どうした、なっち。アタシに何か用?」

「い、いえ、何でも……」

考えごとをしながら観察していたせいで、いつの間にかじっと見つめてしまっていたらしい。

「って、あれ? どうして僕の名前を?」

「ああ、なっちはね、遠矢っちと抱き合わせでわりと有名なんだよ」

「うわ、なにそれ!? 初めて聞いた。……一番人気の一夜のそばにいつもいるやつってところ?」

　昨日、片瀬先輩に聞いた。知的美少年の遠矢くんは三年生の女子の間では大人気なのだとか。僕の知らないところで告白してきた女の子を何人か振っているらしい。

「耳ざといね。まぁ、そんなとこかな」

「何がそんなとこや。那智によけいなこと吹き込まんといてください」

　一夜の不機嫌声が割り込んできた。

「そーゆー保護者ぶったところが誤解を生むんだよ」

　そう言って四方堂先輩はくつくつと笑う。

　対する一夜は、そんな四方堂先輩がきらいなタイプのようだ。横に並んでいるから当然なんだけど、まったく先輩のほうを見ようともしない。

「お、ようやくきたね。おーい、司。こっちこっち」

「ぶっ」

　危うく僕は口の中のものを吐き出しそうになった。辛《かろ》うじてそんな醜態《しゅうたい》は晒《さら》さずにすんだが、思いっきり咽《むせ》て咳《せ》き込んだ。何とか呼吸を整えてから顔を上げると、案の定、片瀬先輩がトレイを持って立っていた。

「あ……」

「う……」

思わず固まってしまう。一瞬だけ視線が交差し、それから互いに目を逸らした。

「せ、先輩、ここどうぞ」

「あ、ありがとう」

片瀬先輩はぎこちなくお礼を言ってから僕の隣に座り、静かに食べはじめた。僕も中断していた食事を再開する。が――ダメだ。意識しすぎて箸《はし》が上手《うま》く運べない。

昨日、一度は片瀬先輩のことをわかった気になったけど、こうして校内で会うとまた感覚がちがう。どうしても緊張してしまう。しかも、目の前にはミス危険人物。片瀬先輩と親しげにするとまずい。ここは話しかけたりせず、たまたま席が隣になっただけのような顔をしてやり過ごさないと。

と、僕が心の中で方針を確認していると、

「アンタたちさぁ、もうちょっと楽しそうに食べれないわけ？」

向かいで四方堂先輩が僕たちに不満げな視線を向ける。そして、ぐい、と身を乗り出して顔を寄せてくると、さらに言葉を続けた。

「昨日はふたり仲よく遊びに出かけてたんでしょうが。……待て。逃げんな、なっち」

§§§

「四方堂先輩じゃないんですか？」

「ちがうに決まってんでしょうが」

食後、僕たちは頭をつき合わせてヒソヒソと話し合いをしていた。話題は今朝から広まっている例の情報の出どころについて。実際に顔を寄せているのは僕と二名の先輩だけで、一夜は発言する気がないらしく、肘《ひじ》を突いて会話を聞くだけ。その顔はやっぱり不機嫌そうだ。

このメンバーで内緒話をしている様子はあまりにも人目を引く。なにせ『聖嶺一の美少女』と三年に一番人気の新入生……と、そのおまけだ。しかし、気にはなってもそこにあからさまに聞き耳を立てる勇者はいなかった。密《ひそ》かに耳を欹《そばだ》てていた男子生徒も四方堂先輩に見つかり、ひとり目は七味、ふたり目はコショウの容器をぶつけられて、すごすごと帰っていった。次にきたやつはきっと醤油《しょうゆ》だろう。

「見損うな。司が隠そうとしてるのに、アタシが言いふらすような真似《まね》するか」

スポーツマンシップなのか、四方堂先輩のこの姿勢はやはり好ましいと思う。

「たぶん、やったのはあのふたりね。スキャンダラスなことが好きなやつらだし、行動力もある」

「え？　でも、片瀬先輩が危険人物だって……」

「那智くん、それ、勘違いしてるわ」

片瀬先輩が僕の言葉を遮る。

先輩からほのかに雪の香りがした。身を寄せなければわからないほど微《かす》かなものだけど、その香りと距離が僕の心を掻《か》き乱す。

「どういう意味です？」

僕は内心の動揺を押し殺し、聞き返した。

「わたしが危険って言ったのは、円なら那智くんのことを見抜くと思ったからなの。那智くんのことさえわからなければ、間違った噂がどれだけ広まろうが、そんなものはどうでもいいのよ」

なるほど。要するに何を危険と感じるか、なのだろう。

例の二人組＝妙な噂は広がるけど僕のことはバレない。

四方堂先輩＝言いふらさないけど僕のことには勘づく。

結果、先輩は前者を無害とし、後者を危険視したわけだ。

「で、これからどうするの？」

「噂に関してはほうっておいていいと思うの。にっこり微笑んで『想像に任せるわ』って誤魔化していればいずれは消えるもの」

さすがは『学園のアイドル』。慣れてるなぁ。

「んじゃま、そっちは放置の方向で。……で、なっちのことは？」

「うぇ!?」

いきなり僕が話題になってびっくりした。ついでになぜか一夜もかすかに反応していた。心なしかこっちに寄ってきている。一夜、耳がダンボだぞ。

「えっと……」

「それは昨日決めた通りでいいと思うわ」

これにも僕より先に片瀬先輩が答えた。

「学校では必要以上に近づかない。周りにいらぬ誤解を与えたくないもの。……それでいいわよね、千秋《ちあき》くん」

〝千秋くん〟――片瀬先輩にそう呼ばれるのは、なぜか少しだけ胸が苦しかった。

「なっちもそれでいいの？」

「……はい。そのほうがいいと思います」

四方堂先輩の確認に僕は首肯した。

片瀬先輩がそれを望んでいる以上、僕はそう答える以外になかった。

「決まりやな。那智、教室戻んで」

今まで黙っていた一夜がそう言って立ち上がり、身を翻した。それを待っていたように昼休み終了の予鈴が鳴る。

「あ、待ってよ。……それじゃ、失礼します」

「ええ、またね」

〝千秋くん〟とまた言われないうちに、僕は一夜の後を追ってその場を立ち去った。

§§§

「つっかれたー」

放課後、終礼が終わって僕は机に突っ伏す。

今日は妙に疲れた。校内を駆け巡った片瀬先輩がらみの話題のせいか、それとも七時間目のリーダーの授業で長文丸々和訳させられたせいか。はたまた昨日の気疲れが尾を引いているのか。たぶんどれもだな。

「那智、帰んで」

「ごめん、先に帰ってて。僕、もうしばらく休んでから帰るよ」

一夜に声をかけられたが、僕は机に伏せたまま答えた。「そうか。じゃあな」と素っ気ない言葉を残して一夜は教室を出ていく。

五月も終わりに近づき、夕方四時を回ったというのにぽかぽかと温かい。陽気が次第に思考を鈍らせていく。

（〝千秋くん〟か……。なーんか辛いよね、それって）

……。

程なく僕は睡魔に襲われた。

……。

……。

「――くん。那智――」

誰かが僕を呼んでいる。

微睡《まどろみ》の中で誰かの声を聞いたような気がしたが、誰なのか思い出せない。こういうのを夢現《ゆめうつつ》というのだろうか。

今度は優しい香りが鼻をくすぐる。

何だろう、この香りは。どこか懐かしさを感じる。

（ああ、これは雪の香りだ）

ぼやけた頭でそう認識する。

そして、何かやわらかいものが僕の頬に触れた。

「う、うーん……」

それをきっかけに、やがてゆっくりと意識が覚醒《かくせい》をはじめる。

かなりの時間を眠っていたようだ。教室には夕陽《ゆうひ》が差し込んでいて、もう誰も残っていなかった。

いや、僕以外にもうひとり、誰かがいた。

(誰だろう……?)

その人物は窓枠に体を預けるようにして立っていて、差し込む夕陽が逆光になって顔がよく見えなかった。

「やっと起きた」

「片瀬、先輩……?」

その声は片瀬先輩のものだった。

「うん」

先輩がうなずく。

僕が目の上に掌《てのひら》を当てて眩《まぶ》しそうにしていると、先輩は少しだけカーテンを引いて夕陽を隠してくれた。ようやくその顔が明らかになる。

「先輩が何でここに?」

「美術室で課題を仕上げてたの。その帰り。ちょっと寄ってみたら那智くんを見つけたからつい、ね」

〝那智くん〟と呼ばれて、僕はどきっとした。

ちがう呼ばれ方をしたのは一度だけなのに、なぜか懐かしい感じ。ほっとするのと同時、ほんの少しだけ気恥ずかしい気持ちもあった。

「那智くんのとこって特進クラスだから、普通に七時間授業なのね」

そんな僕の動揺に気づかず、先輩は何でもない話題を振った。視線の先には壁に貼《は》ら

れた時間割り表がある。

「お昼を食べてさらに三時間ですよ。しんどいだけです。……ところで、いいんですか、こんなところにきて」

学校では必要以上に近づかない。昼にそう決めたばかりだ。

「大丈夫よ。誰も見てないもの」

だけど、片瀬先輩はしれっとそう言ってのける。

「まぁ、先輩がそう言うんなら別にいいですけどね」

「うん。那智くんがいいなら、わたしもいい」

何だか変なやり取りだな。

だけど、ちょっと楽しかった。先輩も笑っている。

「そう言えば、先輩、僕が寝てる間に何かしませんでした？」

「気づいてたんだ。那智くんの寝顔がかわいかったから、ちょっとほっぺたに触れてみたの」

な、なるほど。人が寝ている間にそんないたずらをしてくれたらしい。相変わらず子どもっぽいことが好きな人だ。

「……唇で」

「○×△☆■※――――⁉」

第三章 手と手、心と心

the school, the senior and I

03

1

ある日の授業中、窓を伝う雨の雫《しずく》を見ながら思う。

わたしは雨がきらい。

まず、服が濡《ぬ》れる。雨の日はお気に入りの服や靴で出かけられないし、ましてや気合いの入った黄砂《こうさ》が大陸から飛んできた日には、外に出るのすらいやになる。

それから髪が湿る。わたしの髪は湿気に敏感なのか、雨が降る前から髪の具合でそれがわかる。そうなったら最後、髪がびよんびよんに跳ねて、思い通りに収まらなくなる。

つい先日、那智《なち》くんと一緒に出かけたけど、あの日は雨が降らなくて本当によかったと思う。降っていたら、せっかく那智くんと一緒にいるのに服や髪を気にして、きっとそれどころではなかっただろう。そんなことになったら目も当てられない。いや、一緒にいるからこそよけいに気になるのかもしれない。

幸い、この前はそんなことがなくて、楽しく過ごせた。

おかげでわたしは少し那智くんのことを知った。彼のことを噂《うわさ》や評判だけでしか知らない女の子や、ちょっと話しただけの女の子より、わたしは少しだけ多く那智くんを知っている。軽い優越感。

でも、いつかは那智くんを誰よりもよく知り、理解してあげる女の子が現れるにちがいない。きっとその子は、わたしのような年上ではなくて、年下の小さくてかわいらしい、彼と並んでもお似合いな子なのだろう。

「……」

考えてちょっとむっとした。

きっと雨のせいだ。雨のせいで心がネガティブになっているのだ。

そうして放課後、昇降口で外を見ながら、わたしは立ち尽くす。

いやな雨はやんでいなかった。

服は別にいい。制服だから多少濡れても。でも、髪がダメ。いちおう教室を出る前にブラシを通して、リボンもぴょんぴょんが目立たないように結び直してきた。

それでもわたしの不機嫌は直らない。

ついでにこの不機嫌をもれなく三割増しにしてくれているのが、親友の円《まどか》だ。今日は部活が朝練だけで放課後はオフだから一緒に帰ろうって言ってきたのは円なのに、ぜんぜんくる気配がない。

先に帰ってやろうかしら――そう思っているところにようやく姿を現した。

「ごめん、遅くなって。待った？」

「……待ったわ」

「……」

わたしには聞こえた。円がかすかに「げ」と言ったのを。

「し、しっかし、よく降るわね」

円はそう言いながら視線を逸《そ》らすようにして外に目をやった。そんなに今のわたしは恐ろしげな顔をしているのだろうか。

「司《つかさ》、傘二本持ってない？　鞄《かばん》に折りたたみ入れたまま長傘できたとか」

「そんなわけないでしょ。……え？　なに、持ってきてないの？　今日は朝から降ってたじゃない」

「アタシが朝練で家を出るときには降ってなかったのよね、これが」

なるほど。一、二時間の差で雨に遭わなかったのか。でも、こうなるとそれも運がいいのか悪いのか。

「しゃーない。ウチの後輩に『備えあれば憂いなし』を地でいくのがいるから、そいつに当たってみるわ」

　そう言って円は踵《きびす》を返す。

「え、もしかしてまたわたしを待たせるつもりなの？」

「五分！　五分で戻ってくるから！」

　言いながら円はもう小走りに駆け出していた。いちばん近くの階段から上がるつもりなのか、すぐに折れ曲がって姿が見えなくなった。

「まったく、もう……」

　と、呆《あき》れていたら、もう円が戻ってきた。手には確かに傘を持っていたけど、それは明らかに紳士ものと見える黒い傘だった。それ以上にいやに早かったのが気になる。

「よっしゃ、げっと」

「……」

「急な話で悪いんだけど、アタシは先に帰ることにしたから。司はここで後三十秒待つように」

「ちょ、ちょっと何よ、それ？」

　文句を言っているうちにも、円は瞬く間に靴を履き替えている。

「じゃ、また明日っ」

　軽く手を上げて言うと、傘を開くや否や雨の降る中を駆け出した。

　いったい何が何だかわからない。もはや自分勝手なんていう範疇《はんちゅう》を越えている。もうかれこれ八年くらいのつき合いになるけど、円という人間を知るにはまだ短いのかもしれない。

「あ、片瀬《かたせ》先輩」

そこで不意に名前を呼ばれる。

振り返るとそこに立っていたのは那智くんだった。

「あら、千秋《ちあき》くんもいま帰り？　そっか、今日は水曜日だものね」

周りに人がいるので今は〝千秋くん〟だ。

特進クラスは普段は七時間授業だけど水曜日は六時間、土曜日は三時間になるので、通常クラスや美術科、体育科と帰る時間が重なる。だから、那智くんとはごく自然に顔を合わせるチャンスではあるのだけど……今日はちょっと会いたくなかったかも。

わたしはさりげない仕草で自分の髪を撫《な》でて整えた。

「ええ、そうなんですけど……聞いてくださいよ、今、追《お》い剝《は》ぎに遭ったんですよ。ホント、参りました」

何があったのかわからないけど、口を尖《とが》らせて拗《す》ねたように訴えてくるその姿がかわいらしい。どうしてくれようか。

それにしても、いつから聖嶺《せいれい》は山賊や盗賊が出没するようになったのだろう。

「いきなり四方堂《しほうどう》先輩に傘を強奪されました。いったい僕にどうやって帰れと……」

「……」

軽い眩暈《めまい》を覚えた。まさか山賊がお向かいさんだったとは……。

しかし、そこではたと思いつく。わたしは傘を持っていて、那智くんは持っていない。傘が一本で、人間がふたり。そこに至る条件は十分に揃《そろ》っている。何もおかしなことはない。

けれど、それは果たしてやっていいことだろうか。

周りを見てみる。円のせいで下校のピークは過ぎているとは言え、それなりに生徒の姿はあった。那智くんを見ながら通っていく女の子もいる。

「ち、千秋くん、入って……いく？」

自分の傘を示し、おそるおそるわたしは言ってみた。

途端、那智くんもわたしがやったように周りの様子を窺《うかが》う。

「だ、大丈夫でしょうか……？」

やはり同じことを考えているらしい。

「えっとね……円が那智くんの傘を盗《と》っちゃったでしょ？　だから、ここはわたしが責任を取らないといけないと思うの……」

いちおう、これで正当化できるはず。

「ダメ、かな？」

「あー、いや、たぶんダメじゃない、と思います……」

「そ、そうよね。おかしくないわよね！」

「あ、はい。きわめて自然な流れかと！」

お互い最初は自信がなかったのに、次第に正しいと思い込んで、最後には意味不明な乾いた笑い声まで上げていた。赤信号みんなで渡れば何とやら、だ。

そうしてわたしたちはひとつの傘の下を並んで歩き出した。

この前一緒に歩いたときよりも少しだけ近い距離。

時々肩が触れる。

わたしはこの距離を意識しすぎて、さっきからずっと顔は前に固定されたままだった。

おかげで那智くんの様子がわからない。横目で見たけどやっぱりわからなかった。

どうしてこんな日に雨なんだろう。

せっかく那智くんと一緒にいるのに、わたしは雨のせいで髪の毛びよんびよんの不機嫌顔。あぁ、でも、雨がなかったらこの距離もなかったのか。そう思ったら何だか複雑だ。

「先輩？」

那智くんが口を開いた。

「な、なに？」

「髪型、変えたんですか？」

「ええ。ちょっと、ね。……やっぱり変かしら？」

雨め……。

途切れに言った。

わたしは心の中で恨み言を三回繰り返した。

「あ、いや、今のも似合っててかわいいなと、思いまし、た……。はい……」

那智くんは女の子を褒めるという行為が恥ずかしかったのか、自信なさそうに途切れ途切れに言った。

その瞬間、わたしは顔が熱くなった。

何か言葉を返さないといけないと思うのに何も出てこない。代わりにほころぶ顔を抑えるのに精一杯だ。

妙な具合の沈黙の末、それを振り払うように殊更《ことさら》明るい調子で那智くんが言った。

「あーあ、雨っていやですよね。すごく鬱陶《うっとう》しい」

「そう？」

わたしは応《こた》える。

「わたしは雨って好きよ？」

もちろん、今日からだけど。

2

一週間もすれば、片瀬先輩の恋人発覚の噂は立ち消えになった。

人の噂も何とやらにしては早すぎる気もするが、本人が何も言わないし追加の情報もないから、まぁ、こんなものか。

そんなある日の朝、ショートホームルームのとき、尾崎《おざき》先生に言われた。

「千秋。五時間目に東ヨーロッパの地図を使うので、昼休みのうちに社会科資料室から持ってきておくように」

尾崎先生。

我らが担任にして学年主任。担当科目は現代社会。

頼まれごとはぜんぜんかまわない。僕は、僕にそれをする能力があって、相手がそれをできなくて困っているなら、できるかぎり引き受けることにしているから。が、その言い方はひとりの社会人としてどうだろう？

別に丁寧語を使えとは言わない。年長者で先生なのだから。でも、せめて「しておいてくれ」くらいの言い方をしてほしいものだ。

と、心の中で文句を言っても実際に断れないのが生徒という立場。

きっと尾崎先生も僕をそういう目で見ているのだろうな。

§§§

そんなわけで昼休み、僕は社会科資料室に向かっている。

幸い資料室の鍵《かぎ》の管理者は尾崎先生じゃなかった。これで尾崎先生が持っていたら、借りにいっただけでまた何か言われていやな思いをしていたことだろう。

キィホルダの輪っかに指を突っ込み、くるくる回しながら歩いていると、校舎の廊下と渡り廊下が集まる角で、ばいん、と誰かとぶつかった。

「あっと、すみま――」

「お。なっちじゃない」

謝っている途中で言葉が遮られる。「へ？」と改めて相手を見ると、

「あ、四方堂先輩」

それは片瀬先輩が親友と呼ぶ四方堂先輩だった。……なるほど。だから、ぶつかった効果音が「ばいん」だったのか。ちょっと目に毒なほどスタイルがいいものな。しかも、今日はいつものジャージではなく、普通に制服。髪も下ろしていた。おかげでブレザーの上からでもわかる胸のボリュームに、いやでも目がいってしまう。

「四方堂先輩。おひとりですか？」

「うん。見ての通り、目下のところおひとり様」

と、そこで四方堂先輩は何かを察したようににんまりと笑う。

「おやぁ？　なっちは誰かをお探しかなぁ？　もしかして、司？」

「い、いえ、そういうわけでは……」

まさか正直に片瀬先輩が一緒だったらよかったのに、とは言えない。たぶん四方堂先

輩の様子だと気づいてるっぽいけど。片瀬先輩といいこの先輩といい、こういうところはいやに鋭いな。それとも僕がわかりやすいのだろうか。

「じゃ、じゃあ、僕は先生に頼まれた用がありますんで」

三十六計逃げるに如《し》かず。こういうときはむりにやり合わないのが得策だ。

「ぁによぉ、つれないなぁ」

しかし、四方堂先輩は戦術的撤退を決断した僕の後ろをぴったりとついてくる。いや、用があるっつってんだろうがよ……。

僕もしばらくは無視を決め込んで歩き続けていたが、程なくして耐え切れなくなった。

「先輩、どこまでついてくるんですか？」

「ん？　なっちの行くところ。アタシいま暇だから。おかまいなく」

かまうわぃ。

そうこうしているうちに件《くだん》の社会科資料室に到着してしまった。

「へぇ、用ってここなんだ」

「地図を取ってこいって言われてるんです」

そう答えながら鍵を開けて中に入る。さも当然のように四方堂先輩も続いた。

そして、ガッチャン。

「って、何で鍵かけるんですか⁉」

「いや、何となく？」

「怖いですよ⁉　開けといてください！」

なぜ閉める？　シメる気か？　シメる気なのか⁉

「しゃーないわね」

先輩は渋々鍵を開けた。……いったい何を考えてるんだか。

「さて、地図地図。地図は、と……」

社会科資料室は奥に細長い部屋だった。左右両方にスチールラックがあって、やたら面積のある郷土資料の本や二十個ほどの地球儀が置かれている。超大判の地図帳もあったが、今僕が探しているのは教室の天井のフックに引っ掛けて吊《つ》るす、タペストリィのようなタイプの地図だ。

「この中のどれかだな」

突き当たり奥の窓際に筒状のものがたくさん立て掛けてあった。

僕はそのラベルをひとつひとつ確かめていく。が、西ヨーロッパや東アジアはあるけど、肝心の東ヨーロッパが見当たらない。

「あ、なっち。あれじゃない？」

「え？　どれですか？　……げ」

四方堂先輩が見つけて指さした先は、スチールラックの上だった。確かにいくつかそれに似た形状のものが転がっている。窓際に置き切れなかったのか、使用頻度が低いのか。にしても、高い。

「なっちじゃむりね。アタシが見るわ」

うるせぇ。てか、いくら四方堂先輩でもむりだろ――と思っていたら、先輩は丸イスを持って近寄ってきた。台を使えば僕だって届くぞ。でも、僕が口を挟む間もなく先輩はひょいと丸イスに乗った。確かに僕ならただ届くだけだけど、先輩なら選別しながら何かを探すという作業も楽にこなせるほど高さ的に余裕がある。

「覗《のぞ》くなよぉ？」

「覗きませんよ。人聞きの悪い」

と言いつつ、しかし、あれだ、目の高さで短いスカートがひらひらしてて、太ももがあったりすると、こう、首を横に傾けてしまうのはなぜだろう？

「どこのだっけ？」

「え？　あ、はい。東ヨーロッパです」

慌てて首を起こして答える。

「東ヨーロッパ、ね……。ああ、あった。これだ。……ほい」

視界上方から地図がにゅっと降ってきた。僕はそれを受け取る。

「ありがとうございます」

「いーえ、お安い御用ですよ……っと」

言いながら四方堂先輩はイスから飛び降りる。空気抵抗でスカートが舞い上がった。太ももが大きく露出し、ついでに白いものも見えたけど、本人は気づいていないようだ。

黙っておこう。

先輩は着地するとそのまま丸イスに腰を下ろした。足を開いて座り、その間のイスの上に両の掌《てのひら》を置いて重ねる。これまた大胆な座り姿だ。そうしながら身を乗り出すような前傾姿勢で僕を見る。

「出ますよ？　何やってるんですか？」

時間的にまだ余裕があるけど、かと言って長居して面白い場所でもない。

「人間観察」

「うわ。なんて迷惑なっ」

「ところでさ――」

観察結果の報告はなしかよ。気になるじゃないか。

「なっちは司のことどう思ってんの？」

「な、ななな、何がですか⁉」

唐突な質問に意表を衝《つ》かれ、うまく舌が回らなくなる。

「あれま、こりゃまたわかりやすい反応だこと」

四方堂先輩のその言葉に、僕は逆に落ち着きを取り戻した。深呼吸をひとつ。それから担いでいた地図を肩から床に下ろした。自分の体に立て掛けるようにして持つ。

「誤解しないでくださいよ。片瀬先輩はすっごい美人でかわいいし憧《あこが》れますけど、別に好きとかじゃないです」

「へーえ」

おい、そこ、にやにやすんな。

四方堂先輩は腕を組み、開いていた足も組んだ。……今度は見えなかった。ちょっと残念。

「僕にとってはすごいいい先輩です。だったら僕は、言葉はあれですけど、片瀬先輩にとってのかわいい後輩でいられたらと思ってます」

「むりしちゃって」

してねっつーの。

「さて、なっちの気持ちもよくわかったし。後は司かな」

そう言うと四方堂先輩は勢いよくイスから立ち上がった。

本当にわかったのかとか、何が片瀬先輩なのかとか、いろいろ聞きたいことがあったが、僕も改めて地図を担ぎ上げ、扉へと向かった。

「あ、そうそう、なっち。アタシのことは〝円〟でいいよ。〝四方堂〟じゃ呼びにくいでしょ。アタシも〝なっち〟って呼んでるし」

「へいへい」

確かに〝円先輩〟のほうが呼びやすい。

しかし、僕の〝なっち〟はどうだろう。その呼ばれ方、好きじゃないんだよな。クラスメイトならすぐさまイエローカードなんだけど、相手が四方堂先輩、もとい円先輩だとどうも言いにくい。おかげで今までやめてくれるよう頼み損ねている。かと言って、このまま何も言わないでいると、ずっと〝なっち〟のままかもしれない。

いつか思い切って言おうと心に決め、僕は社会科資料室から出る。

と、そこでばったり片瀬先輩と出会った。

「あ、那……じゃなくて、千秋……く、ん……」

後にいくにつれて言葉に力がなくなっていったのは、僕の後に続いて資料室から出てきた円先輩に気づいたからだ。

片瀬先輩は円先輩と僕を交互に見る。

「こ、こんにちは、先輩」

その様子に何やら不穏なものを感じながらも、僕は挨拶《あいさつ》を口にする。が、どうやら届いていないようだった。僕たちを見ていた片瀬先輩の頬《ほお》が次第に、ぷぅ、と膨れていき――そして、ついには、ぷい、とそっぽを向いて去っていってしまった。

いつもならふた言、三言、言葉を交わしてから別れるのだけど、今回はまたえらくあからさまに無視されたたな。

「こっちもわかりやすいことで」

そして、隣では円先輩が、何やら呆《あき》れたようにつぶやいていた。

3

私立聖嶺学園高校は、いわゆるお坊ちゃん学校だ。

ちょっと入学金や授業料が高いだけだが、周りからは金持ちの成り上がり校と呼ばれている。たぶん三年前に大々的に行った校舎の改装と設備拡充、それと有名デザイナにデザインさせた制服のせいだろう。

それでも私立の進学校としては十分な実績を挙げている。

以下、一学年の構成——

普通科	通常クラス	六クラス	一～六組
同	特別進学クラス	三クラス	七～九組
体育科		二クラス	十～十一組
美術科		一クラス	十二組

計十二クラス、それが三学年。

少子化が進む昨今の日本でこれだけの生徒を集められるのも、たゆまない企業努力の賜《たまもの》と言える。

『充実した授業内容』という入学の志望理由の裏で、本音が『制服がかわいいから』であろうが、『更衣室にドライヤーがついていて、水泳の授業の後に便利だから』であろうが、要は生徒さえ集められれば勝ちなわけだ。

以上、聖嶺学園についての基礎知識終わり。


朝、学校の靴箱を開けると見慣れぬものが入っていた。

封筒だ。それもファンシーショップで売っているレターセットのような、かわいらしいキャラクタものの。

ぱたん、と思わず扉を閉じる。

「僕の、だよなあ……」

そこが僕に割り当てられたスペースであることを確認する。

そして、改めて扉を開ける。うん、確かに僕のだ。使い慣れた上靴《うわぐつ》と、なぜかいくつかの科目の副読本が入っているが、まぁ、それには触れないでおこう。

で、上靴の上に封筒があるわけだ。

「むー」

凝視してみたところではじまらない。それに靴箱の扉を開けたポーズで固まっているのも端から見ると怪しい。昇降口についてから約三分。僕はようやくその封筒を手に取った。

表には丸っこい文字で『千秋那智くんへ』。

裏はハート型のシールで封をしてあるだけで、差出人の名前はなかった。

つま先で床を蹴《け》り、上靴を履きながら封筒を開ける。中には封筒とおそろいの便箋《びんせん》が一枚だけ入っていた。それを抜き出し、封筒はブレザーの内ポケットへ。そして、僕は教室へと歩きはじめる。

階段をのぼりながら、二つ折りになっていたそれを開いてみた。

『ぜひ会ってお話ししたいことがあります。放課後、藤棚の下で待っています。
2年2組　五十嵐優子《いがらしゆうこ》』

ただそれだけの非常に簡潔な文章。

クラスの数字からして普通科通常クラスだろうけど、二年の先輩に知り合いはいない。いや、体育科だろうが美術科だろうが同じだ。三年なら約二名ほどいるが。つまり、この五十嵐さんは僕の知らない人ということになる。

やがて階段をのぼりきったところでその手紙を、封筒と同じく内ポケットへとしまい込んだ。

（まさか片瀬先輩の言葉が本当になるとは）

何ごともなかったかのような顔で教室のドアをくぐり、席に着く。

「おはよう、一夜《いちや》」

いつも通りな一夜に声をかける。

「ねぇ、一夜。一夜が女の子から告白されたときってどんな感じだった？」

「何やそれ？　そんな抽象的な質問があるか」

そういう一夜はあまり遠回しな表現をしない人間だ。いつもストレートな言葉を投げかけてくる。

「えっとね、告白に至るまでの経緯っていうか、相手側の手段や段取り？」

「そんなことか。くだらんこと聞くねんな。……パターン分けするとやな──」

パターン分けできるくらい例があるのね。

「なんらかの手段で手紙が舞い込んできて、そこに会う場所が指定されている。行ってみたら……ってのがいちばん多かった」

なるほどね。てことは、やっぱりポケットの中の手紙もそれと考えてよさそうだな。

「まぁ、行ってみたら野郎が数人おって、危うくリンチってこともあったけどな」

「うわお。何その修羅場!?」

§§§

そうして放課後、僕はさっそく藤棚に向かった。

（やっぱりそれ系の呼び出しなのかなぁ？）

つまり、こういった事態に真っ先に思いつく、僕としてはあまり嬉《うれ》しくないイベントだ。あぁ、いちおう一夜が言っていたように呼び出しリンチって可能性もあるか。

こういう一方的な召喚はきらいなのだけど、無視しても後で気になるし。きちんと収束させておくにかぎる。ただ、問題は時間が〝放課後〟としか指定されていないことだ。通常クラスの放課後とは六時間目の後なのだろうが、特進クラスの場合は七時間目終了後だ。

（そのへんわかって待っててくれたらいいけど……）

そんな心配をしていると次第に早足になり、しかも考えごとをしてるものだから人にぶつかるぶつかる。歩きながら考えごとをするものじゃないと思った。

兎《と》に角《かく》、先を急ぐ。

藤棚は裏庭にある花壇の、さらに奥まったところにある。手入れが行き届いていないせいで人気《にんき》も人気《ひとけ》もない。

そこにその人はいた。

藤棚にはベンチもあるが、その人はそこに座らず柱にもたれて立っていた。こちらには背を向けているが、その後ろ姿だけでも何となくそわそわした様子が伝わってくる。

「あの、五十嵐優子さん、でしょうか？」

早足だった歩調を緩め、ゆっくり近づきながら声をかける。彼女は一度びくっと体を震わせてから、ゆっくりとこっちを振り向いた。別に驚かせるつもりはなかったんだけどな。

「あ、はいっ。そうです」

一度だけ僕と目が合った後、五十嵐さんは恥ずかしそうにうつむいてしまった。

それにしても律儀な人だ。下級生の僕に丁寧語を使うなんて。

「よかった。なかなかきてくれないから相手にされなかったのかと思った」

「いちおう、これでも急いできたんですけどね。……もしかして特進クラスが平日七時間授業だってこと忘れてました？」

「……わ、忘れてました」

おーい。

五十嵐さんは耳まで赤くして、これ以上ないくらい下を向いてしまった。もう見えるのは自分の足と地面くらいのものだろう。

こういう仕草って素直にかわいいと思う。小柄で僕よりも小さいし、ゆったりとした時間の中に生きているようなやわらかい雰囲気の女の子だ。ちょっと間の抜けたところも愛嬌《あいきょう》があっていい。守ってあげたくなるタイプとでもいうのだろうか。

「それで話って何でしょうか？」

「あ、はい。あの実はわたし……」

そう言って顔を上げた——が、僕を見て言葉が途切れる。

「……何か探してるんですか？　きょろきょろして」

「あ、いや、世の中ごく希《まれ》に修羅場なイベントが起こるらしいから」

いかん。無意識のうちに伏兵をさがしていた。

「しゅ、しゅら……？」

「こっちの話です。……続きをどうぞ」

そう言って先を促すと、五十嵐さんはまたうつむいてしまった。それから少し間があって、意を決したように口を開く。

「実はわたし、前から千秋くんのこと好きで、ずっと見てました。そ、それで、できたらつき合ってほしいなって……」

「……」

あー、やっぱり。

男としては、正直こういうことを言われるのは嬉しいし、相手が相手だけになかなかぐっとくるものがある。だけど、じゃあ、その気持ちに応えられるかというと、それはまた別問題だ。彼女は僕のことを知っているのかもしれないが、僕が彼女のことを知ってまだ十分とたっていない。もっと言えば、彼女だって僕のことをうわべだけでしか知らないはずだ。僕はこういう状態で彼氏彼女の関係になろうとはどうしても思えなかった。

「……ごめんなさい」

僕がそう言葉を切り出した瞬間、五十嵐さんが落胆したのがわかった。それでも僕は言葉を続ける。続けるしかない。

「好意をもってくれることは素直に嬉しいです。でも、五十嵐さんが望んでいるような返事をすることができないんです。本当にごめんなさい」

「す、好きな人とかいるんですか、やっぱり」

「……」

一瞬、僕はその問いの答えに迷った。

(そんなのいない、よなぁ……)

確かめるように僕は心の中でつぶやく。

だが、ここで正直にいないと言ってしまうと、五十嵐さんが諦《あきら》めきれないのではないだろうか。ならば嘘《うそ》も方便。この場をきれいに収めるためには嘘を吐《つ》かせてもらおう。

「うん。僕、実は好きな人がいるんで……」

お願いだから「それって誰ですか?」とか言いませんように。

「やっぱりそうなんだ。ごめんなさい。それなのにこんなこと言っちゃって」

「ううん、気にしないでください」

そういう悲しそうな顔をしないでほしい。僕だって心が痛まないわけじゃない。でも、納得できないものはどうやっても受け入れることはできないんだ。

「そ、それじゃあ」

「うん。気をつけて」

それを別れの挨拶にして五十嵐さんは走り去っていった。

そして、そこに僕が残される。

（後味悪いなぁ。こういうの、好きじゃない）

深いため息をひとつ吐く。

それからおもむろに藤棚の陰に向かって声をかけた。

「ところで、そこにおられるのはどなたでしょう？」

「……っ⁉　にゃ、にゃおーん」

それで誤魔化《ごまか》してるつもりなんだろうか。明らかに人間の声だっつーの。

そろっと足音を立てないようにして近づいていくと、そこにはこちらに背を向けてしゃがみ込んでいるお方がひとり。さっき周りを見回したとき、見覚えのあるふわふわウェーブの髪が見えたからもしやと思ったのだが、案の定だったようだ。

その人——片瀬先輩は、隠れているにも拘《かか》わらず、ご丁寧に握り拳《こぶし》を頬に当てて猫の真似《まね》をしていた。……ちょっとかわいいかも。

「先輩……」

「にゃん⁉」

片瀬先輩は僕が接近していたことに気づいていなかったようで、真後ろで聞こえた僕の声に体を跳ねさせて驚いた。

「あははは……」

乾いた笑いを漏らしながらゆっくりと振り向き、僕を見上げる。

「そこで何をしておられるのでしょう？」

「せ、声帯模写の練習、かな？」

この期に及んでまだ誤魔化そうとする往生際の悪さは称賛に値する。

「覗き見してたんですね？」

「え？　えっと……」

「してたんですね？」

どうやら珍しく僕のほうが立場的に優位にあるようなので、調子に乗って問いつめてみる。すると、先輩はむっとした顔をしてから、すっと立ち上がった。

「何よ、那智くんが悪いんじゃない」

なぜか逆ギレられてしまいました。

「何で僕が⁉」

「那智くん、さっき廊下でわたしとぶつかったのよ。しかも、謝ってるわりにはその相手がわたしだって気づいてないし」

「……」

あー、そりゃあ僕が悪いわ。

先輩はまだ腹の虫がおさまらないらしく、さらに捲《まく》し立ててくる。

「そんな調子だから気になって後をつけてきたら、女の子の告白なんかはじまっちゃうし。思わず隠れたら今度は出るに出られなくなっちゃうし。これでもわたしが悪いって言うんですか、那智くんは」

ヤバい。丁寧語になってる。さっきの五十嵐さんとは意味するところがまったくの正反対だけど。丁寧語にもいろいろあるものだ。

結論。今の先輩に逆らうのは得策ではない。

「……ごめんなさい。僕が悪かったです」

「はい。よろしい」

何か釈然としないものが残るのですが、気のせいでしょうか。

それきりふたりとも黙り込み、気まずい沈黙があたりに流れる。僕はその沈黙を破って深いため息を吐いた。ここにきて二度目だ。

「そうか。先輩、見てたんですね」

「……うん」

「僕、こんなやつなんです。せっかく女の子が勇気を出してあんなふうに言ってくれているのにね。いやなやつ」

僕はベンチに腰を下ろす。

「それって仕方ないと思う」

片瀬先輩も、僕とは逆を向いて座った。

僕たちは背もたれのないベンチに背中合わせで座っている。肩が触れて、一瞬どきっとしたが、僕はそのまま片瀬先輩の背に体を預けた。もしかしたら少し甘えてみたかったのかもしれない。先輩は何も言わなかった。

「好きな子、いるんだ……」

やがて先輩がぽつりとつぶやく。

「いませんよ、そんなの」

「え？」

また驚かれた。

誤解を正しておこうと思っただけなんだけど、何か今日、しゃべるたびに驚かれているな。

「あれ、嘘です。そう言ったほうが話が早いから。……いやなやつの上に、嘘吐き」

「そ、そう……」

わかってくれたっぽい。

「そうなんだ。いないんだ……」

もう一度、片瀬先輩は繰り返した。と、同時に、触れ合ってる背中を伝って先輩の体から力が抜けたのがわかった。

沈黙の刻、再び。

だけど、今度はこの沈黙が心地よかった。こうして互いにもたれ合って過ごしている時間が、何か貴重なもののように思える。

「先輩？」

「なぁに？」

どこか間延びしたような先輩の声。

「帰らないんですか？」

「んー？　もうちょっとここにいようかなって思ってる」

風が雪の香りを運んできた。

これまで僕はたびたび〝雪の香り〟と表現してきたが、本当はもっとちゃんとした名前があるのだろう。だけど、残念ながら僕はそれを知らなかった。だから、頭に思い浮かぶままそれをそう呼ぶ。

それが先輩の香り。

そして、それはある種の警告の香りでもあった。——先輩に近づきすぎてるぞ、という警告だ。

「じゃあ、僕もここにいていいですか？」

だけど僕はそれを無視した。

だって、それは僕の胸をどきどきさせながらも惹《ひ》きつけてやまない、麻薬にも似た香りだから。


「那智くんも、ここにいたいの？」

「ていうか、もう少しこうしてたいかなって……」


途端、先輩の体が微《かす》かに跳ねる。

「……いいんじゃない」

そして、短くそうとだけ言ったのだった。

(いいんじゃない、か。何か他人事《ひとごと》だよな)

今、先輩はどんな顔をしてるのだろう。今ここで僕とこうしていることをどう思っているのだろうか。

「……ま、いっか」

僕は先輩に聞こえないように、小さくつぶやいた。

素敵な魔薬はそんなことを考える力すら、僕から奪ってしまっていたらしい。

4

きっと勇気を出して告白してきたのであろう人を振るのは、気分のいいものではない。なら振らなければいいと言われるかもしれないけど、相手のことをろくに知りもしないのに交際をはじめるのは、僕の主義に反する。

そんなわけで五十嵐優子先輩の気持ちを突《つ》っ撥《ぱ》ねた後味の悪さをまだ少し引きずりつつ、僕は今日も登校する。

校門をくぐり、昇降口で靴を履き替え、廊下を進んで教室に入って……と、そこで僕は足を止めた。自分の席の数歩手前。

隣の席の居内加代子《いうちかよこ》さんがちくちくと裁縫らしきことをしていた。

縫っているのは服の類ではなく、ぬいぐるみのようだ。熊。サイズはそれほど大きくなく、トートバッグにすっぽり収まってしまうくらいのもの。ただ、なぜかツギハギだらけだった。たぶん破れたり傷んだりしてツギハギになったのではなく、最初からこういうデザインなのだろう。おかげでブラックジャック先生みたいな顔になっている。

僕は再び歩を進め、自分の机の上に制鞄を置いた。

「居内さん、それなに？」

しかし、さすがに流すには存在感とインパクトがでっかすぎて、聞いてみる。

「……」

だが、彼女は無言。一度手を止めてちらと僕の顔を見ただけで、再び作業に戻った。

居内加代子さんとはこういう女の子だ。見た目はショートヘアの似合う、ちょっとぼんやりした感じの不思議ちゃん。そして、一夜以上の無口、というか、ほとんどしゃべらない。特に今みたいに見てわかることならいちいち答えたりしない。僕としてはWhat《なに》ではなくWhy《なぜ》が聞きたかったのだけど。聞き方が悪かったか、と反省。

「砂倉《さくら》さん」

それから少しして居内さんが席を離れた隙《すき》に、彼女の後ろの席の砂倉千佳子《ちかこ》さんに声をかけた。

「居内さん、なんでこんなことやってるの？」

机の上に残されているブラックジャッ熊を指し示す。

「家庭科部でぬいぐるみを作ってるみたい」

少し気の弱そうな感じの砂倉さんは、小さな声でそうおしえてくれた。

へぇ、家庭科部ね。居内さん、そんなクラブに入っていたのか。普段から精密ドライバのセットを携帯しているのは知っていたけど、そういう方面も得意なのだろうか。

「あと、居内さん、ちょっと機嫌悪くない？」

「え、そう？」

砂倉さんは首を傾《かし》げる。

そうか。どうやら気がついたのは僕だけらしい。微妙な違いだものな。

居内さん、何かあったのだろうか。

§§§

二時間目終了後の休み時間、いつも通り一夜は本を読んでいて、僕はその一夜に他愛もない話をしている。と、そこにトモダチがやってきた。

「いい話を持ってきた」

「……何だよ、言ってみろ。何となくろくでもない話のような予感がするけど、とりあえず、聞いてやるから」

するとトモダチは内緒話なのか、ぐっと顔を寄せてきた。巻き込まれた一夜が至極迷惑そうに顔を歪《ゆが》めた。

「実はな、クラブハウスの女子シャワー室を覗けるスポットがあるんだ」

「ばかか、お前は」

僕は間髪《かんはつ》入《い》れず言っていた。

「バ、バカって、おま……」

「そんな話を持ってくるところからして根本的にバカだけど、まぁ、それはおいておくとする。そこはきっとどうしようもないことだろうから」

「でも、その話ってむりがないか？　そもそもそんな都合のいい場所があるとは思えないんだけど」

「ほら。うちの学校って三年前に大規模な増改築があっただろ？　あのときに夜ごと工事現場に忍び込んで、せっせとそういう観賞ポイントをつくったやつがいたんだと。猛《も》者《さ》だよなぁ」

いや、単なるバカだろ。

「仮にそれが本当だとして、シャワー室を使う女子にそれがバレてないというのも信じがたいんだが」

「それはあれだ。男子限定の情報として伝わってるんだよ」

「そういうものなのかなぁ」

どうも要所要所に疑問符のつきまとう話だな。

「そんなわけで今度一緒に行かないか？」

「クラブハウスのシャワー室ねぇ……」

あ、まずい。クラブハウス＝運動部の連想で、シャワーを浴びる円先輩を想像してしまった。めちゃくちゃスタイルいいんだよな。

「……パス」

僕はその想像を振り払うため、努めて素っ気なく答えた。

「容赦ないね、お前」

「なぁんでだよぉ！」

「いや、普通に考えてあまりにもリスキィだろう」

「はン。そうやってお前は興味のない振りをして、いい恰好《かっこう》するつもりだな！」

話聞いてないな、こいつ。

「わかったわかった。見張りくらいならやってやるから」

思わず虫でも振り払うかのようなジェスチャー。

「あーっ。まさかてめぇ、最近急に仲よくなった片瀬先輩と、実はもう……！」

「やかましい！　お前、もう黙れ！」

「ふてぇ野郎だ！　許せねぇ！」

怒れる大魔神の如《ごと》く立ち上がるイカれたトモダチ。

「おぶすっ」

しかし、直後、そのバカの姿が目の前から消えた。

代わりにその場所にいたのは、正拳《せいけん》突《づ》きを放った姿勢のままで立っている居内さんだった。「通り道に変なのがいたので崩拳くれてみましたが何か？」と体で語っている。

一方、トモダチは教壇まで転がっていって、実に芸術的な死体となっていた。

おそるべし居内さん。

でも、うるさいのを黙らせてくれたのでよしとしよう。

「あまりバカなことに首突っ込むなよ」

と、一夜。

さっきの覗き云々《うんぬん》のことだろう。

「大丈夫だよ。そもそも実行するとも思えないしね。話すだけならタダさ。それに友達とバカ話をするのも、たまには必要だよ」

しかし、一夜は理解できないという顔で肩をすくめただけだった。

そして、ひと言。

「アイツが見つかって、那智が捕まるってオチやな」

いやな予想をしてくれる。

§§§

四時間目が終了し、昼休み。

「まったく。先生も面倒なことをやらせるよなぁ」

弁当を食べ終えた僕はぼやいた。

尾崎先生から授業で使った百科事典を図書室に返しておくようにと、名指しで言われたのだ。この前は社会科資料室の地図を取ってこいだったな。

「先生、絶対僕のことをきらってるよ。偏見イクナイ」

教卓の上に置かれている事典は六冊。バカでかくてぜんぶ持ったらなかなか重そうだ。

だけど、いざそれを持とうとしたとき、横から伸びてきた手が軽々と四冊を取り上げた。

「手伝うわ」

　一夜だった。

「いいの？」

「かまわん。ほかにやることもないし、図書室にも行きたい」

「そっか、ありがとう。助かるよ」

　でも、そう言った僕に特に何も返事をせず、一夜は歩き出した。僕も残った二冊を持って後を追いかけた。

「一夜、あれだろ？　僕があまり力がないと思ってるだろ？」

　廊下を歩きながら聞いてみる。

「僕はこれでも中学三年間、バスケ部でやってきたからね。けっこう力はあるんだぞ。やりはじめてすぐにそういう部分で人より劣っていることがわかったから鍛えたんだ。おかげで手首のスナップだけでも、けっこうボールを投げれる」

「でも、背は伸びんかったんやな」

「そうなんだよ。バスケやってたら背が伸びると思ったんだけどな」

　残念ながら、これればかりは努力ではどうしようもなかった。

「あれってさ、ジャンプしたときに伸びて、着地したときに縮んでるんじゃないか？」

「そらまた非科学的な」

「でも、最近わかったんだ。バスケやってたら背が高くなるんじゃなくて、背の高いやつがバスケをやってるんだって」

そんな面白くないアメリカンジョークみたいな話をしているうちに図書室に辿《たど》り着く。

中は静かだった。

床に絨毯《じゅうたん》が敷かれていて足音が吸収されるとか、みんなマナーがよくて私語をしないとか、そういう理由以前に単純に利用者が少なかった。貸出カウンターにいる図書委員を含めても二十人弱くらいか。本を読んでいたり、勉強をしていたり。

で、図書室を入ってすぐの閲覧席に、どこかで見たことのある後ろ姿があった。女の子だ。

彼女は勉強をしていたらしいが、不意にその顔を上げた。

何かを探すように右を見る。

左を見る。

そして、最後に振り返ってこちらを見た。

「千秋那智！　あなただったのね！」

「何がだ⁉」

そして、僕はいったい何のセンサに引っかかったんだ⁉

その女の子は姫崎《ひめさき》さんだった。どうやら昼休みの図書室で勉強中だったらしい。そのせいか今は眼鏡をかけている。

「図書室では静かにお願いします」

しかし、間髪入れずカウンターの向こうから図書委員の声が飛んできた。文字にしたら丁寧だけど、響きは明らかに命令口調だ。

姫崎さんは叱《しか》られた飼い猫のように首をすくめた。

「まさかこんなところで会うとは思いませんでしたわ」

そして、先ほどより幾分かトーンダウンした声で続ける。

「うん。それはこちらも同じだ。おかげで珍しいものを見せてもらったよ。姫崎さんって普段は眼鏡かけてるんだ」

「ッ⁉」

自分でもようやく気がついたように、姫崎さんは慌てて眼鏡を外した。

「べ、勉強のときや授業のときだけですわ」

なんだか恥ずかしがっている。

「それは兎も角……勝負よ！　今日こそは――」

「静かに！」

そして、また叱られて首をすくめるのだった。

「結局そうなるんだな。冗談。僕は逃げるよ。一夜、後は任せた」

僕は先日の3on3の際に、彼女から敵認定を受けてしまっていた。それが故の勝負なのだろう。

とは言え、彼女は勝っても負けても納得できないタイプだ。きっとどっちに転がってもろくなことにはならない気がする。姫崎さんが怯《ひる》んでいる隙に逃げてしまおう。

持っていた事典を一夜に押しつけ、回れ右して図書室を飛び出す。

「あっ！　逃げるつもりですのね、千秋那智！」

当たり前だ。

§§§

何となく体育館にきてみた。

ここまで逃げれば大丈夫だろうと思うが、どうもオーバーテクノロジーなセンサを搭載してるっぽいので、一度ロックオンされてしまっている以上、安心はできない。

体育館の中を見回してみる。

八つあるゴールはすべて使われていた。そのひとつに宮里《みやさと》（通称サトちゃん）の姿があった。男女混合のクラスメイト何人かで遊んでいるようだ。

近寄っていくと、みんなもこっちに気がついた。手を上げたり挨拶代わりの短い声を投げかけてくる。僕もそれに片手を上げて応えた。

「何してんの？　千秋も入る？」

代表して宮里が出てきた。コートではゲームが続いていて、宮里と交代で別のやつが入った。

「いや、今日はやめとくよ。シューズ持ってきてないし。ちょっとそれどころじゃないかもしれない」

「なに？　どゆこと？」

「さっき化けネコに見つかってね」

「ああ、あれか」

宮里もすぐに何のことか察したらしい。

「ご愁傷様ね、千秋も」

「他人事だと思って」

「だって他人事だもの。おほほのほー」

宮里は掌を口に当て、実に楽しそうに笑う。

気楽なもんだぜ。まぁ、宮里は宮里で中学時代、今の僕と同じように姫崎さんから敵認定されて、会うたびにからまれていたらしいし。それが僕に移ったことで、肩の荷が下りたのだろうな。祟《たた》りかよ。

「じゃあ、もう行くよ」

どうも今の僕にはバスケのコートは鬼門のような気がする。

僕は手を振りながら踵を返した。

今度は美術科のクラスが集まるあたりにきてしまった。

(片瀬先輩いるかな?)

尤《もっと》も、いたとしてもこんな人目の多いところで声をかける勇気はないけれど。

でも、ちょっと姿を見るだけならいいかなと、通りすがりにさり気なく横目で中を窺ってみる。

「あっ、千秋君だっ。どうしたのどうしたの? 何か用? 何か用?」

失敗。いきなり捕まった。

やけにリピートの多い先輩が駆け寄ってくる。何だろうな、その好奇心に満ちた目は。

「い、いいえ、何でもないです……」

「んん? 本当? 本当ー? もしかして司に——」

「本当に何でもないですっ。ちょっと通りかかっただけですから。失礼しますっ」

僕はそそくさとその場を後にした。

ま、仕方ないか。会いにきたなんて言ったら周りから変な誤解を受けかねないし、そうなったら先輩に迷惑がかかるものな。

さて、そろそろ昼休み終了の予鈴が鳴りそうだ。教室に帰るとするか。

予鈴とともに教室のドアをくぐった。

「あ、千秋君」

入るなり砂倉さんが僕を呼んだ。

「さっき三年の片瀬さんがきたよ。さがしてたみたい」

「先輩が？」

「あ、体育館にもきたわよ。あの後すぐだったかな？」

続けて言ったのは宮里だ。

片瀬先輩がここに？　何の用だったのだろう？　先輩がわざわざ僕の教室までくる理由に心当たりがない。五時間目が終わったら先輩のところにちょっと行ってみようか。

§§§

六時間目が終わった。

五時間目の休み時間に片瀬先輩の教室に行こうと思っていたのに、授業が延長してそれも叶《かな》わなかった。

美術科は特進クラスとちがって六限目まで。今ごろは終礼をやっていて、それが終われば帰ってしまう。となると、片瀬先輩を訪ねるのは明日に持ち越しか。

なんかすごいがっくりきている自分がいるな。

頭を切り替えるためにちょっと学食で何か飲んでこよう。

ついでに一夜にも何か買ってこようかと声をかけてみたが、今はいらないそうだ。ほしいときは何の遠慮もなく使いっ走りさせるくせに。

ほんと、今日はろくでもない一日だな——と、ぼんやりしたまま学食に到着する。

学食は基本的に昼休みしかやっていないので、いま働いているのは二十四時間営業年中無休、勤労意欲の塊である自動販売機だけだ。まぁ、今の僕にはそれで十分だけど。

百円玉を握って自販機に突撃。

と、そのとき、誰かの手にぶつかった。……しまった。ぼうっとしすぎてほかに人がいるのに気がつかなかった。

「す、すみませんっ」

「あ、ごめんなさいっ」

声が重なった。……ん？　この声は。

「「あ……」」

同時に互いの顔を見合う。

「那……千秋くん！」

「先輩⁉」

明日まで会えないと思っていた片瀬先輩が目の前にいた。

ど、どうする？　何を言えばいい？

心の準備もなしに先輩と会うとやっぱり心臓がばくばくいって、咄嗟《とっさ》に言葉が出てこない。……そうだ！


「『ど、どうぞ……』」


またかぶってしまった。

「じゃ、じゃあ、僕から……」

「え、ええ、どうぞ……」

譲り合っていても仕方がないので、ちょっと図々しいかと思いながらも、先にいかせてもらうことにした。

自販機に向かい、一旦《いったん》片瀬先輩に背を向けたことで僕はほっと胸を撫で下ろす。先輩に気づかれないように深呼吸して、早くなった心臓を落ち着かせた。

そうしてようやく頭が回りはじめる。

「那智くん、昼休みにわたしのクラスにきたって聞いたけど、何か用だったの？」

背中越しに片瀬先輩に聞かれた。

「えっと、特に用があったわけではなくてですね……。ちょっと怪人から逃げた末に辿り着いただけなんです」

「そ、そう……」

そう言って先輩は考え込む。

あ、なんか納得されてないっぽい。それもそうか。怪人とか、意味不明だものな。

「先輩のほうこそ、僕をさがしてたって聞いたんですけど、何かあったんですか？」

何か言われる前にこちらから質問を投げかける。

「え？　ああ、そうだったわね。円がね——」

と、そこで先輩は一度言葉を切った。

「どうしたんですか？」


「ううん。何でもないの。ちょっと那智くんに会いたかっただけ」


「え……？」

思いがけない言葉に動きが止まってしまう。

「あ、れ……？」

そして、なぜか先輩も動きを止めた。時間が止まったかのようにふたりで硬直。

やがて片瀬先輩が目を泳がせながら、慌てたように言葉を紡ぎ出す。

「えっとね、深い意味はないのよ？」

「あ、はい。大丈夫です。わかってます！」

僕は激しくうなずいた。

ダメだな、僕。ちょっと仲良くなっただけなのに、片瀬先輩の言葉に特別な意味を見《み》出《いだ》そうとしてしまう。

勘違いするなよ、と自分に言い聞かせる。

と、そこでチャイムが鳴った。十分は短い。

「わ。授業が！　じゃあ、僕、戻ります」

「ええ。またね」

先輩はくすりと笑って、胸の前で小さく手を振った。

むう。まったく、なんて日だ。せっかく先輩と会えたというのに。やっぱり今日はろくでもない日らしい。

あ、いや、先輩に会えたからそうでもない、のかな？

4'

那智くんが女の子から告白されているのを見てしまった。

正確には廊下で見かけた那智くんの様子がおかしかったのでついていってみたら、そういう場面に出くわしてしまったのだけど。

相手は二年の女の子。小柄で、のんびりおっとりした感じのかわいらしい子だった。

でも、彼女は振られてしまった。

わたしは思う。年上の女の子は不利だと。

男の子にしてみればきっと年下のほうが扱いやすくていいだろうと思うし、もしつき合っている間に年下の女の子が現れたりしたら、絶対に太刀打《たちう》ちできないのだから。

§§§

「それでも振られた女の子はかわいそうだと思うわ」

「なぁに余裕ぶってるのよ。人のこと言ってる場合？」

そう言ったのは向かいに座る円だった。

昼休み、学生食堂で円と一緒にランチを食べながら、先日見たことを話した。あまりいい趣味とは言えないけれど、話したのは親友の円だけ、共通の友人である那智くんの話題ということで、そこは許してもらおう。

「なっちが本当に年上だからって理由で振ったんだとしたら、司だってそこに含まれるんでしょうが。危機感を持ちなさいよ」

「わ、わたしは関係ないでしょっ」

「なんで？」

「なんでって――」

　わたしは一度そこで言葉を飲み込み、気持ちを落ち着かせた。深呼吸で熱を逃がす。

　それから円に顔を近づけ、周りに聞こえないように再び話を続けた。

「わたしは別に那智くんとつき合おうとか、特別な関係になろうとか思ってないんだから」

「よく言うわ。……まぁ、司がそう言い張るんなら、別にいいけどね」

　円は疑わしげにそう言った。

「ええ、いいわ。わたしは最初からそのつもりだし、これからもそのつもりです」

　それが最初から一貫したわたしのスタンスだった。

　那智くんは今までわたしが出会った中でいちばん気になる男の子だけど、だからと言って周りをうろうろして困らせたくない。よい先輩、よいお姉さんとして、ほかの女の子よりちょっとだけ近くで那智くんを見ていられたらそれでいい。

　それでいいと思っている――のだけど、胸がざわざわするのはなぜだろう。例のシーンを見て以来、ずっとこんな感じだ。

「……」

　急に那智くんの顔が見たくなった。

　何となく、彼の顔を見ればこの気持ちもおさまるような気がした。

「ねぇ、円？　今日は那智くんに何か用はないの？」

「用？　別にないけど」

「そう……」

あっさりした円の言葉に、わたしは肩を落とす。

この前は何やら社会科資料室でふたりきりでいたというのに、こんなときにかぎって何もないなんて。

「あー、そう言えば……」

「な、なにっ？」

でも、次の瞬間、思わず期待に目を輝かせ、イスから半分腰を浮かせた。

「なっちってさ、バスケ巧《うま》いから、一度、一対一で勝負したいのよねぇ」

「あら、そうなの？　じゃあ、わたしがそのことを伝えてきてあげるわ」

「はぁ？」

素《す》っ頓狂《とんきょう》な声を上げる円をおいて、さっそくわたしは立ち上がった。

「そういうことは早いほうがいいわ。あ、気にしないで。わたしが親切心でやるだけだから。その代わりこれを片づけておいてくれたらいいわ」

食べ終えたランチの乗ったトレイを円の前に押し出す。

「い、いや、ちょっとアンタ――」

「じゃあ、行ってくるわね」

そう言ってわたしは親友のために那智くんの教室に向かった。

§§§

一年の教室が集まるあたりまできた。

いやに張り切った声で挨拶をしてくる新入生の男の子たちに応えながら、那智くんの教室を目指す。

各教室には空調があるけど、五月という過ごしやすい時期で、今が昼休みということもあって、教室の扉は開け放たれている。

ふいにわたしは、少しだけ歩く速度を落とす。

ここにきて今さらながら那智くんとどうやって会えばいいのか考えていなかったことに気づいたのだ。

中を覗き込んで声をかける？

誰かに頼んで呼び出してもらう？

でも、それ以前にここで那智くんと会っていること自体、変に思われたりしないだろうか？

なにか、こう、人に頼まれて伝言を伝えにきた、というのが周りにわかるのがベストなのだけど。

いい案が浮かばないまま教室の前に辿り着く。

とりあえず、さり気なく中を覗いてみようと思い、教室のドアに寄る。と、そこにちょうど女の子がひとり、中から出てきた。表情に乏しい、ぼんやりとした感じの子だ。いいタイミングなので、この子に聞いてみるとする。

「ごめんなさい。ちょっと聞きたいのだけど、那……千秋くんはいる？　……えっと、その、友達から伝言を頼まれてきたの」

「……」

彼女は無言で私の顔を見る。その眉間に微かに浅い皺《しわ》が寄った――ような気がした。やがて彼女は首を回して斜め後ろを見た。そこにはまた別の女の子がいた。少し気の弱そうな、おとなしい感じの子だ。

どうやらバトンタッチのつもりらしい。

「え、えっと……と、遠矢《とおや》君なら千秋君と一緒に図書室に行ったみたい、です。百科事典を返しにいくって……」

「「……」」

わたしと無表情の女の子、二人分の視線が答えてくれた子に集まる。

なぜ主語になる人物が入れ替わっているのだろう？　失敗した英文和訳のようだ。でも、きっとこのことは指摘しないほうがいいのだろうと思う。

「そう、わかったわ。ありがとう。図書室ね。行ってみるわ」

わたしはお礼を言って踵を返した。

次にわたしは図書室に足を運んだ。

昼休みと放課後に開放されている図書室には、図書委員を含めても十人ちょっとしかいなかった。定期試験が近づけばもっと増えるのかもしれない。

「百科事典とか言っていたわよね……」

まずは辞書辞典の類が収められた書架に行ってみる。が、そこは閲覧席以上に人気がなかった。誰もいない。

（でも、こっそり誰かと会うのにちょうどよさそうな場所よね）

そう考えて、わたしは思わず想像してしまった。

駅や電車で人目もはばからず身を寄せているカップルのように、向かい合わせで体をくっつけてじゃれあっている自分。その相手は……。

ぶんぶんぶんぶん
次の瞬間、頭を振ってその想像を追い出した。

わたしったら何を考えているのだろう。顔が熱い。

でも、悪くない想像だったかもしれない。とりあえず、こういうスポットがあることだけは覚えておこうと思う。

それにしても——那智くんの姿はどこにもない。もう用がすんで帰ってしまったのだろうか。

念のため、もう少し読みやすい本の並ぶ一般書籍の書架のほうも見て回ってみる。

と、そこに遠矢君がいた。

書架から取り出した本を手に、ぱらぱらとページをめくっている。その横顔は評判通り整った容姿だった。男の子でここまで素直にきれいと言える相貌《そうぼう》も珍しい。少しだけ見入ってしまう。

「……何か？」

と、いきなり彼が口を開いた。

ちょっと驚いた。一度もこっちを見ていなくて（今もまだ本を見続けている）、そんな素振りすらなかったのに、いつの間にかわたしに気がついていたらしい。彼は本を読みながらいろんなことを同時にできると那智くんから聞いていたけど——なるほど、納得した。

「那智くんがここにきてるって聞いたのだけど、もう帰ったのかしら？」

「あいつやったら、ついさっき恨まれてる女に見つかって飛び出していきましたよ」

「……」

どうやら那智くんは、わたしには想像もつかないようなエキサイティングな学園生活を送っているらしい。

「あいつに何か用ですか？」

遠矢君は不機嫌そうな声で、相変わらず本のページをめくりながら聞いてくる。

「ええ、そう。円からね、ちょっと伝言を頼まれたの」

しかし、その答えに遠矢君は、ちらりとわたしを一瞥《いちべつ》しただけだった。

（わたし、この子、苦手かも……）

少し間があって、遠矢君が口を開いた。

「たぶん体育館やろな、行くとしたら」

「そう。じゃあ、行ってみるわ。ありがとう」

そう言えば、那智くんはバスケが得意で、前にも体育館で見かけたことがあった。確かに彼が行きそうな場所の有力な候補だろう。

わたしはその場を後にする。最後まで遠矢君は微動だにしなかった。


体育館へときた。

本来、体育館に入るときは体育館用のシューズを履かなくてはならないのだけど、上靴のまま入る。ただ入るだけならいつもそんなもの。常態化しているとは言え体育科の先生に見つかったら説教ものだ。

図書室同様、昼休みに開放される体育館は、たくさんの生徒がボールを追いかけ、ありあまったエネルギーを発散していた。男子の中にはやけに鬼気迫るプレイをしている子もいる。

入り口を入ったところから中を見回してみるけど、ここにも那智くんの姿はなかった。

代わりにひとりの女の子に目が止まる。確かあの子は、以前、那智くんがここで遊んでいたとき同じチームだった子だ。

彼女は交代待ちなのか、脇で応援しているだけだった。

近くに寄って声をかけてみる。

「こんにちは。あなた、確か一年の特進クラスの子よね？　千秋くんをさがしているのだけど、ここにこなかった？」

「あー、千秋だったら、さっきまでそこにいたんですけど……」

「あら。行き違い？」

そう答えながら、わたしは内心ショックだった。

また行き違い。

手が届きそうで届かないとは……。

「妖怪ネコ娘に見つかりたくないからって、出ていきました」

「……」

一度、何が起きているのか確認したほうがいいのかもしれない。

「後でそちらに行かせましょうか？」

「ううん、いいわ。そこまでするほどたいした用でもないから。もう少しさがしてみることにするわ。ありがとう」

と言っても、もう間もなく予鈴が鳴る時間だ。これ以上さがす時間もなければ手がかりもない。

　仕方なくわたしは教室に帰ることにした。

「司、司。聞いて聞いて」

　教室に戻るなり女の子がひとり、同じ言葉を二度ずつ繰り返しながら駆け寄ってきた。クラスメイトの小八重双葉《こやえふたば》だ。

「さっきね、教室の前に千秋君がいたのー」

「え……」

「声をかけたら何でもないですって帰っちゃったんだけど、もしかして司に会いにきたんだったりして……って、きゃあ！」

　わたしは思わず脱力して、双葉に正面からしなだれかかった。

「ちょっとちょっと！」

「……」

　言葉が出ない。

　泣きたくなった。

　わたしは無言のまま彼女から離れると、ふらふらと自分の席に戻った。そのまま両手で机を抱きかかえるようにして突っ伏す。

　なんという巡り合わせの悪さだろう。あれだけあちこち回ってぜんぶ行き違いの空振りとは。しかも、その間に那智くんはここにきていたという。

もしかしたらわたしたちはそういう運命なのかもしれない。

大きなため息を吐く。

「……くんに……たいなぁ」

「えっ⁉」

いきなり前の席に座っている子が振り返った。

「え、なに？　どうかしたの？」

びっくりしてわたしも顔を起こし、聞き返す。

「それはこっちの台詞《せりふ》。司が何か言ったみたいだから振り返ったのに」

「あ、あれ？　わたし、何か言った？」

ぜんぜん覚えがなかった。

いったい何を口走ったのだろう……？

「もぉ、しっかりしてよね」

「はぁい。反省しまーす」

確かに彼女の言う通り、もう少ししっかりしないといけない気がする。

§§§§

放課後。

いつもなら課題の続きをするために美術室に行くのだけど、今日はさすがにそんな気になれず、先に学生食堂に行くことにした。

何か飲んだら気分がすっきりするかもしれない。

そう思ってブリックパックのジュースの自動販売機に向かう。

でも、相変わらずぼうっとしていたらしい。歩きながら財布から硬貨を取り出し、自販機に辿り着くと同時に投入口に——というところで横から伸びてきた腕にわたしの手がぶつかった。

わたしと同じように自販機を利用しようとした人がいて、あまり周りを見ていなかったわたしが、その邪魔をしてしまったようだ。

「あ、ごめんなさいっ」

「す、すみませんっ」

同時だった。

「「あ……」」

そして、次も同時。

聞き覚えのある声にわたしはその相手を見る。向こうもわたしを見ていた。

「那……千秋くん！」

「先輩⁉」

わたしが求めてやまなかったものは、いきなり、拍子抜けするほどあっさりと、わたしの前に現れた。

次の言葉が出てこない。

「ど、どうぞ……」

挙げ句、ようやく出てきた声は、三度、彼のものと重なった。

「じゃ、じゃあ、僕から……」

「え、ええ、どうぞ……」

意を決したように那智くんが言い、わたしが応えた。考えてみれば自販機の順番ひとつで何をかしこまったやり取りをしているのだろう。

那智くんが自販機に向かっている間、わたしは彼に気づかれないように深呼吸をして、気持ちを落ち着かせた。

周りを見てみる。放課後だからだろう、あまり生徒はいない。基本的に食堂そのものの営業は平日の昼休みと土曜の放課後だけで、今は自販機が動いているのみなので、当然と言えば当然だ。

「那智くん、昼休みにわたしのクラスにきたって聞いたけど、何か用だったの？」

「えっと、特に用があったわけではなくてですね……」

那智くんは出てきたジュースを取り出しながら答えた。そうして振り返る。

「ちょっと怪人から逃げた末に辿り着いただけなんです」

「そ、そう……」

特に用があったわけではないという部分に寂しいものを感じる。

「先輩のほうこそ、僕をさがしてたって聞いたんですけど、何かあったんですか？」

「え？　ああ、そうだったわね」

そんなこともあったと思い出した。

「円がね――」

と、そこで言葉が止まる。

円は確か那智くんとバスケットボールがしたいと言っていたはず。でも、それが実現したらどうなるだろう。わたしは蚊帳の外でふたりだけで楽しんで、とても面白くないことになるような気がする。

「どうしたんですか？」

話しかけたまま止まっているわたしに、那智くんは怪訝《けげん》そうな顔を向ける。

「ううん。何でもないの」

結局、言うのはやめにした。

「ちょっと那智くんに会いたかっただけ」

「え……？」

途端、那智くんが固まった。

「あ、れ……？」

わたしも固まった。

今、何かとんでもなく恥ずかしいことを言わなかっただろうか。

「えっとね、深い意味はないのよ？」

「あ、はい。大丈夫です。わかってます！」

那智くんは少し顔を赤くして、何度も頷いた。

たぶん、わたしはそれ以上に赤くなっていたと思う。そして、誤魔化しながら「ああ、そうか」と納得する。

さっきわたしが教室で知らず口走った言葉がようやくわかった。

ここまでひどく遠回りをした気がする。

お互い顔を赤くして次の言葉をさがしていると、チャイムが鳴った。

「わ。授業が！　じゃあ、僕、戻ります」

「ええ。またね」

忙しい子だ。

そうか。特進クラスは今から七限目か。駆けていく那智くんの背中を見送るわたしには、もう気分転換など必要ないようだった。

5

それから少し日にちがたった土曜日。

聖嶺学園は私立高校なので、土曜日もちゃんと授業がある。と言っても、三時間だけだけど。

さて、今、僕はその三時間の授業を終えて、一夜とともに帰宅しようとしている。が、上靴から革靴に履き替え、昇降口を出たところで声をかけられた。

「おーい、那智ー。なーっち。なったーん。おーい」

いろんな呼び方で僕の名前が連呼される。

こんな賑《にぎ》やかな人を僕はひとりしか知らない。しかし、あたりを見回してみてもその姿はどこにもなかった。

「上よ、うーえ」

「上？」

言われた通り上を見上げると、三階の教室の窓から顔を出している四方堂円先輩がいた。クラブのジャージ姿だった。

「いいものあげるから、ちょっとこっちおいで」

そう言って手招きをする。

円先輩に『いいものあげる』なんて言われると、何となく警戒してしまう。

「ほいっ」

「？　……うわっと」

近寄ると何かを投げて寄越してきた。それは小さなもので、けっこう近くにくるまで視認できず、キャッチする段になって慌てた。

掌に収まったのは五百円硬貨だった。

「ポカリとウーロン。なっちも好きなの買っといで。遠矢っちもね。釣りはとっといていいから」

「つまり、円先輩は僕にパシれとおっしゃる？」

「そういうこと。タダでって言ってるんじゃないんだからいいでしょ？　アタシら、第二体育館に行ってるんで、そっちに持ってきてくれたらいいから」

「……りょーかい」

肩をすくめてから僕はそう答えた。

「ああ、それから、体育館に入るときはシューズね。上靴はダメだから」

円先輩はつけ加えると、にやにや笑いながら手を振って僕らを送り出した。

「お人《ひと》好《よ》し」

食堂に向かって歩いてると、さっそく一夜に文句を言われた。

「あんなもん無視れ。わざわざ引き受けてやる義理なんかあるか」

「まぁ、いいじゃないの。たいして面倒な用事でもないし。それくらい頼まれてもさ」

僕はなだめるように言い返す。

「今から帰ろうかいうとこ呼び止められて、せっかく履き替えた靴をもっかい上靴に戻して食堂行って、今度はシューズ持って体育館行くののどのへんが面倒でないねん」

あ、まずい。一夜が不機嫌モードに突入した上、いつもとは逆に口数が増えてる。最悪のパターンだ。片瀬先輩の丁寧語並にマズい。ここはさっさと用事をすませて帰るにかぎる。僕は歩く足を速めた。


「ポカリにウーロン茶《ちゃ》、と。……どうしよう？　本当に僕らの分も買っていいのかな？」

そうして辿り着いた食堂の隅の自販機で、まず頼まれたものを買う。それからふと手を止め、後ろに立つ一夜に聞いてみた。因《ちな》みに、校内の自販機は学校価格なので外のよりも安い。五百円なら四本買ってもお釣りがくる。と言っても、二、三十円くらいのものだけど。子どものお駄賃だな。

「かまうか。パシりの報酬としてもろとけ」

「それもそうだね。じゃあ、僕はコーラにしようっと。一夜はどれにする？」

「……コーヒー。下の段の左から二番目のやつ」

指定された缶コーヒーを買って一夜に渡す。円先輩の注文の品を左手に、右手には僕のコーラを持つ。後はこれを体育館に届けて任務完了。一夜の不機嫌度がこれ以上増大しないうちに終わらせてしまおう。


途中、再び昇降口に寄って体育館用のシューズを取ってから目的の場所へと向かう。

「一夜、何だったら先に帰っていいよ。お腹《なか》すいてるでしょ？」

そう、僕らはまだ昼食をとっていない。今日は土曜日なので弁当を持ってきていないのだ。

「もうちょっとつき合うたるわ」

僕が引き受けた用事で一夜まで帰宅を遅らせるのは悪いと思ったのだけど、そんな答えが返ってきた。ふたりして体育館へと向かった。

前にも言ったかもしれないけれど、第二体育館はバスケットボール用の造りになっている。だから、近くまでくるとバシンバシンという、あのボールをつく独特の音が聞こえてきた。

（あれ？　てことは、円先輩ってバスケ部？）

そんな疑問を頭に浮かべながら中を覗くと、円先輩と他数名の部員がいた。まだ練習時間前のようで、思い思いにシューティングをしている。

「あ……」

そして、僕は気づいた。体育館のステージ前に片瀬先輩がいることに。

その姿を認めて呆《ほう》けていると、先輩も僕を見つけたらしく、胸の前で小さく手を振ってきた。

こういう思いもよらない場所でばったり出くわすと、どうしていいのかわからず戸惑ってしまう。まぁ、先輩と遭遇して慌てなかったことのほうが少ないけど。

「さーんきゅ、なっち」

今度は円先輩だ。入り口で立ち尽くしている一夜と僕を見つけて寄ってきた。

「円先輩ってバスケ部だったんですね」

「そうだよ？　知ってると思っていちいち言わなかったんだけど」

「知りませんでした。……あ、これ」

言いながらポカリとウーロン茶を差し出す。が、円先輩はポカリだけを手に取った。

「そっちは司のだから。アンタが渡してやって」

「ええっ⁉」

「〝ええっ〟じゃなくて。ほら、あがったあがった」

ここはあなたの家ですか？

「なるほど。最初からこういうつもりやったんやな」

僕の横で、今まで黙っていた一夜がようやく口を開いた。

「おっと、バレたか。ま、それだけじゃないんだけどね」

「つき合うてられん。さき帰るわ」

そう言うと一夜は踵《きびす》を返し、背中越しに手を振りながら帰っていった。

「なぁに、あれ？」

「さぁ？　お腹すいてるのかな？」

「お腹すくと遠矢っち、不機嫌になるの？」

そんな性質があるとは本人からは聞いていない。まぁ、そうでなくても、ここのところ機嫌悪い率うなぎ登りだけど。

「あ、そうそう。ちょっとアタシにつき合ってよ、なっち」

と、円先輩は先導するように歩き出した。僕はシューズに足を突っ込み、その後を追う。向かった先は、案の定というべきか、片瀬先輩のところだった。

歩きつつ、片瀬先輩を見てからこっち、落ち着きをなくしている心をどうにか鎮める。何も緊張することなんかないとわかっているのだけど、未《いま》だにこの体《てい》たらく。

すぐに片瀬先輩のもとに辿り着いた。

「ど、どうぞ。……先輩もバスケ部だったんですか？」

最初に言う言葉を決めてシミュレーションまでしていたにも拘わらず見事に噛んだ。

そんな僕の心の動揺など知る由《よし》もなく、先輩は笑って答える。

「まさか。円に見にこいって無理矢理つれてこられたの」

「円先輩が？」

その張本人に目を向けると、ちょうどポカリを飲んで水分補給を終えたところだった。

「よーし、なっち、一対一やろうぜぃ」

「何で僕が⁉」

「ケチケチしない。この前、昼休みに見てたけどさ、なっち、けっこう巧いじゃん。いい勝負になるんじゃない？」

昼休み？　ああ、3on3をやったときか。

そう言えば、あのとき円先輩もあの場所にいて、一夜と何か話してたな。未だに話の内容は謎《なぞ》だけど。

（ついでに片瀬先輩の前で大恥かいたのも思い出しちゃったよ……）

なにせ顔面直撃からの転倒のコンボだものな。

「身長と体格の差、男女の基本的な身体能力の差、ぜんぶ引っくるめて差し引きゼロってとこでしょ？」

こっそり落ち込んでる僕の横で、円先輩が指先でボールを回しながら言う。

「つまり、先輩は僕よりタッパがあってガタイもいいので、男には負けないぞ、と」

「なっち、この！」

「わあ、暴力反対！　暴力反対！」

口は災いの元。飛びかかられて、ヘッドロック喰《く》らいました。

まぁ、円先輩が僕より背が高いのはまぎれもない事実。体格もいいが、同時にしなやかさも感じる。ついでに言うとスタイルも非常によろしいので、ヘッドロックなんか気軽にかけないでほしいと思う。なにその凶器。

「どうしよっかな……」

いろんな意味で危険なヘッドロックから解放されても、僕はまだ勝負を受けるか決めかねていた。

「逃げるんだったらさっきの金返しなさいよ？　当然、遠矢っちのもね」

「わかりました。やればいいんでしょ、やれば」

円先輩のほうが二十八倍くらいケチです。

渋々準備をはじめた。ブレザーを脱いでネクタイを外し、カッターシャツの袖《そで》をまくる。脱いだブレザーとネクタイはまとめてステージの上に置いた。

「円先輩と勝負することになっちゃいました」

「ふうん。よかったね」

「……」

な、なんだあ？

ブレザーを置くついでに横にいた片瀬先輩に話しかけたら、えらい素っ気ない口調の返事が返ってきたぞ。しかも、心なしか口を尖《とが》らせて、そっぽ向いてる気がする。

あっちもこっちもわけのわからない展開に首を傾げながら、とりあえず準備運動をはじめた。

（円先輩、最初から僕に相手させるつもりでシューズ持ってこさせたんだな）

先の『それだけじゃない』は、きっとこのことだったのだろう。靴紐《くつひも》を固く結び直しながらそんなことを思っていると、頭の上から声が降ってきた。

「円、バスケ部の主将だから」

片瀬先輩だった。

やっぱり素っ気ない口調。つーか、先輩、真後ろに立つのやめて。怖いから怖いから。

「マジでぃすかー？」

「うん」

これはまいった。中学時代に女バスの主将だったという宮里（通称サトちゃん）とは辛うじて互角だ。単純にそれがさらに高校バスケで鍛えられたと考えても、確実に円先輩のほうが実力は上だろう。

「円先輩、ボール貸してください」

「あいよ。アップは念入りにね」

準備運動に続いてボールを使ったウォーミングアップに入る。

まずは軽くランニングシュート。次にセットシュートの感覚を掴むためにフリースロー。最後にスリーポイントシュート……は、ハズレ。悔しいのでリバウンドをタップで放り込む。……まぁ、こんなものか。

「先輩、いいですよ」

「んじゃま、やりますか。うちの練習が一時からだけど十五分前には集まるから、実質十分少々ってとこかな」

なら、攻守交替して各三本ずつくらいか。

一対一はその名の通りの勝負。3on3のような競技やゲームでも何でもなくて、主にゴール前の一対一を想定した練習のひとつである。

僕はリング正面のスリーポイントラインに立ち、円先輩がその僕と向かい合うような位置に立つ。

「司にいいとこ見せなよ」

言われなくてもそのつもりだけど、いちいち言われたくはない。

僕は黙ったまま片手でバウンドパスを出し、先輩もすぐにそれを返してくる。こうしてボールを一往復させるのは、はじめる前の挨拶や合図、儀式みたいなもの。味方からパスを受け取った瞬間一対一になった、という状況をつくっているのだ。

円先輩はボールを返すとともに間を詰めてきた。僕はフェイクを入れて円先輩を振り、ペネトレイトする――と見せかけ、すぐさま出した脚を戻してシュート体勢に入る。

(うわ、速っ……)

さすがと言おうか、円先輩の動きは僕が予想している以上に速かった。

それすらも反応して、もうすでにシュートコースを塞《ふさ》いでいたのだ。が、チェックに跳んでしまっている以上もうこっちのものだ。僕は脇を突破してレイアップシュート。先輩が着地して振り返ったころには、すでにボールはリングを通っていた。

「千秋くん、すっごーい！」

片瀬先輩の口から歓声が上がった。

いや、まぁ、名誉挽回《ばんかい》、汚名返上のつもりでいいとこ見せようとは思っていたけど、ここまで感激されると、正直照れる。

「おーおー、やるねえ、なっち。軽いお遊びのつもりだったのに、二度もフェイク入れたりしてさ。いきなり全開じゃない。ていうか、速いわ。やっぱ男子と女子のちがいってやつ？」

「すいません。ムキになっちゃって」

「いいよいいよ。そのかわりアタシもこっからは本気だから」

「……」

怖いことを言う。

§§§

いや、もう惨敗だった。

これでもかというほど完膚《かんぷ》無《な》きまでにやられた。

結果的に僕が取ったのは最初の一本だけ。要するに、円先輩が本気出したら僕なんか相手にならないということなのだろう。

「ホント、速いの何のってさ。こっちはついていくのがやっとよ?」

感心したように言う円先輩。

よく言うよ。シュートもドリブルもまともにやらせてくれないし、挙げ句、フェイダウェイでむりやり撃ったシュートは外れて、リバウンドはすべてゴール下で競り負けた。完敗だ。

「いい刺激になったわ。またつき合ってよ」

「丁重にお断りします。何度やっても勝てそうにないし」

「なっちって意外とケチ」

僕より四百九十六倍くらいケチな人に言われたくない。

「お、もういい時間ね。あたしがいつまでも部外者と遊んでたら示しがつかんわ」

「じゃあ、わたしも帰るね」

そう言ったのは片瀬先輩だ。

先輩はもう床に置いていた鞄を持っていて、円先輩が「そう。じゃあね」と返すと、にっこり微笑《ほほえ》んで去っていった。

ふたりでその後ろ姿を見送っていると、バン、と背中を叩《たた》かれた。痛い。

「追っかけなくていいの?」

「へ？　でも、あまり近づくとまずいし」

そのあたりの事情は円先輩も知るところのはず。

「面白くないやつ」

「と言われましても、ね」

僕は床に腰を下ろし固く結んでいたシューズの紐を解きはじめる。

「まったく。せっかくのアタシの厚意をアンタらは……」

そうぼやく円先輩を、僕は聞こえない振りでスルー。……いらんお世話だぜ。僕だって分というものをわきまえているのだ。

§§§

時刻は午後一時前。

帰ったら一時半くらいになっているだろうから、途中でスーパーに寄ってお昼と、ついでに夕食の材料も買って帰ることに決める。今、冷蔵庫に何が入っていたっけ？　と、記憶の糸を手繰りながら靴を履き替える。

そうして昇降口から出ようとしたときだった。

「円と仲いいんだ……」

「わあっ⁉」

下駄箱の陰、死角から声をかけられた。

跳び上がるほど驚き、情けない悲鳴を上げながら振り返ると、下駄箱にもたれて立つ片瀬先輩がいた。不貞腐《ふてくさ》れたようなふくれっ面とジト目で僕を見ている。

「せ、先輩？」

「いつの間にか〝なっち〟〝円〟の仲だもんね」

いやいや、誰も呼び捨てにしてませんがね。

「あれは円先輩が〝四方堂先輩〟じゃ呼びにくいだろうからって……」

「しかも、あんなにくっついちゃってるし」

片瀬先輩は僕の言葉を遮るように続ける。こっちの話なんか聞いてやしない。

くっつく？　あのヘッドロックのことかな？　あれはただ単に円先輩が乱暴で暴れん坊なだけだと思うけど。

「変な噂たてられても知らないんだからね」

そう言うと口を尖らせて、ぷい、とそっぽを向いてしまった。体育館でもそうだったけど、あのときよりもひどくなってないか。

「あー、えっと……もしかしてまた何か怒ってますか？」

「怒ってません！」

三百六十度どこからみても怒ってますね、ハイ。

ただ、いつもとちがうのは面と向かって言わない上に、口では否定してることだ。

「それにね――」

まだありますか。

「わたしが応援してあげてたのに、ぜんぜん気がついてなかったでしょ」

うげ。それは気づかなかった。結局、また僕が悪いわけね。僕のばか、まぬけ、いかでびるっ。

「……すみません。僕、夢中になると周りが見えなくなるみたいで」

さすがにこればかりは素直に謝るしかない。

すると、先輩はきょとんした顔で僕を見た後、ふぅ、とため息をひとつ吐いた。

「もういいわ。那智くんが一生懸命になるとそうなるって知ってるから」

「そ、そう、ですか……？」

いちおう許してもらえた、のかな？

「あ、那智くん、ネクタイ曲がってるわ。直してあげる」

「え？　ああ、さっき外したときかな？　自分で直す……ぐえっ」

ネクタイを直す振りして、首を絞められました。まだ怒っていらっしゃるようです。

「ふーん、だ」

そう言って先輩は歩き出した。また拗ねたような顔をしているが、さっきまでとはちがって険のある感じではない。きっと言うことを言って、ついでに僕の首も絞めて気がすんだのだろう。

昇降口の扉まで進んだところで先輩の足が止まった。

「那智くん、帰らないの？」

そして、振り返る。

「や。一緒にいたらまずいかなって」

「あ、そうか」

今やっと気づいたように言う。

大丈夫かな、先輩。自分が注目されてるって意識が薄いんじゃゃ……と思っていたら、実にあっさりと、

「この時間だともう残ってる人も少ないみたいだし。大丈夫じゃないかしら」

「ま、まぁ、確かに」

本当にいいのだろうか。このところ、こういう機会が増えている気がする。円先輩に傘を強奪された日と、クッキーのとき。そして、これで三回目。……おい、僕。分をわきまえてるんじゃなかったのか。

「あ……」

けれど、そこでひとつ思い出す。

「何？　どうかしたの？」

「僕、帰りにスーパーに寄らないと」

我ながらせっかくの機会に何を言ってるのだろうと思った。まるで一緒にいられない理由をさがしているかのような、本心とは真逆の行為。

「何か買って帰らないと昼も夜も食べるものないんですよね」

「え？　もしかして、那智くん、ひとり暮らしだったの？」

「うん。生活力のない父さんの転勤に母さんがついていっちゃって」

「ふうん。そうなんだ」

そう言うと先輩は顎《あご》に人差し指を当て、宙に視線を彷徨《さまよ》わせて何やら考えはじめた。

この時点で、いやな予感とかはなかった。いつもの面白いものを見つけたいたずらっ子の顔をしていなかったこともあるが、たぶん、それが深い意味も他意もない、純粋な親切心から出た厚意だったからなのだろう。

かくして片瀬先輩は僕に問うてくる。

「じゃあ、うちにくる？　簡単だけどお昼くらいご馳走《ちそう》できるけど？」

6

きっと僕は間の抜けた顔で、その家を見上げていたにちがいない。

日本の平均的な家庭よりもひと回りほど広い敷地に、洒落《しゃれ》た造りのきれいな邸宅。それが片瀬邸だった。

「どうしたの？」

表でいつまでも見上げている僕に先輩は声をかけてくる。

「あ、いや、きれいな家だと思って」

「去年改築したばかりだから。家はお父さんがデザインしたのよ。お父さんね、ちょっとは名の知れた建築デザイナなんだから」

そう言った先輩は心なしか誇らしげだった。

ということは、いわゆるデザイナーズハウスというやつか。恰好いいなあ。うちも広いけどものは古いから、こういうのには憧れる。

片瀬先輩が門を開けて中に入っていく。

（ここ、先輩の家なんだよな……）

そう思うと緊張する。

まぁ、家の人がいるだろうし、ふたりきりになるわけじゃないんだから、何も身がまえる必要はないはず。

そう自分に言い聞かせて緊張をほぐす。

「ああ、大丈夫よ、那智くん。今日は誰もいないから」

いやいや、ぜんぜん大丈夫じゃないだろ。

先輩、意外と警戒心が薄いな。僕が舐《な》められているだけだろうか？　まぁ、僕だしな。

§§§

「はー……」

思わず感嘆の声がもれる。

外観通り中もきれいだった。リビングとキッチン、ダイニングが遮蔽物なしでひとつの空間を形成しているので、ものすごく広い。全面窓から庭が一望できるのもそう感じる理由のひとつなのだろう。

それにリビングに螺旋《らせん》階段がある家なんて初めて見た。

「広いですね……」

見たまんまだな、僕。

「そう見えるようにしてるだけよ。実際には普通の家とさほど変わらないわ」

子どものような感想しか出てこない僕に、先輩はくすりと笑って答えた。

そうは言うが限られた空間を最大限に利用したり、錯覚にせよ広く見せることこそデザイナの技術ではなかろうか。

ただただ呆けるだけの僕に、片瀬先輩がそう促す。

「適当に座ってて」

先輩はキッチンにいる。当然のことながらダイニングに食事をするためのテーブルがあるのだが、それとは別にカウンター席のようなものもあった。キッチンは使いやすいよう配置に工夫がなされていて、きっと料理をしていても楽しいだろうと思う。

「はい、どうぞ」

先輩が出してくれたのは冷たいお茶だった。

「ごめん。わたし、先に着替えてくるから、それ飲んでゆっくりしてて」

「あ、はい。いただきます」

そこで僕はようやくソファに座った。

僕にお茶を出した後、片瀬先輩は軽い足取りで螺旋階段をのぼって二階に上がっていった。リビングから見上げたところにある二階の廊下にドアがいくつかあるので、そのどれかが先輩の部屋なのだろう。

「ぶっ……げほっげほっ……」

と、そこで危うくお茶を吐き出しかけて咳《せ》き込んだ。

「そんなに慌てて飲まなくてもいいのに」

「す、すみません……」

まさか何の気なしに階段を上っていく片瀬先輩を目で追っていたら見てはいけないも

のが目に入りかけた、なんて言えるはずもない。

何で女の子って制服のスカートをあんなにも短くするんだろう？　いや、それがいやとか変とか言うのじゃなくて純粋な疑問。僕も男なので短いほうが好きだ。でも、相手が片瀬先輩になると、何というか激しく攻撃的だ。いつぞやの円先輩のときのようにラッキーを楽しむ余裕なんてありもしない。

リビングにひとり残され、やることがないので庭に目を向ける。敷地が広い分やはり庭も広く、なんとバスケのゴールがあった。とは言え、しょせんは日本の一般的な家庭の庭。ゴールはひとつだけで、コートとしては半面も取れていないだろう。いいところフリースローレーン、プラスアルファくらいで、完全に趣味の産物だ。

「お待たせ。すぐに何か作るからね」

そう待つこともなく二階から声が降ってきた。

反射的に声の聞こえたほうに目を向けかけたが、思いとどまる。またスカートが短かったらまずいからだ。耳で先輩が降りてきたことを確認してからようやくそちらを見る。

基本的にベクトルは同じだった。

肩が剝《む》き出しのトップスにローライズのデニムパンツ。肩出しヘソ出し。制服が私服に変わったところで、露出度が高いのはそのまんま。足か上半身かってだけのちがいだ。

(心臓に悪いです、先輩……)

そんな僕の内心の動揺なんて知る由もなく、片瀬先輩はリビングを抜けてキッチンへと向かった。

「那智くん、オムライスでいい？」

冷蔵庫を覗き込んだまま聞いてくる。

「別に何でもいいですよ。こっちはご馳走になる身ですから、贅沢《ぜいたく》は言いません」

「そう、よかった。今あるもので作れそうなものがそれくらいしかないってのもあるんだけど、オムライスはわたし、けっこう得意なのよ」

片瀬先輩はカウンターの向こうで自信満々の笑みを見せる。

「じゃあ、楽しみに待たせていただきます」

「ええ、そうして」

先輩は早速作業に取りかかった。


程なく料理ができあがる。

「『いただきます』」

僕らはテーブルに向かい合わせに座り、合掌してから食べはじめた。

片瀬先輩が作ったオムライスは本人が得意だと言うだけあって、実に美味《おい》しかった。

そのことを僕は素直に伝える。

「よかったわ。約束が守れて」

「約束？」

何のことだろうと、僕は首を傾げる。

「今度料理をご馳走してあげるって言ったじゃない」

するとすかさず先輩がそう言い加えた。……ああ、そうだった。確かにそう言っていたけど、まさかこうして実現するとは夢にも思わなかったな。

「このくらい朝飯前なんだから」

片瀬先輩は得意気にそう言ってのける。

「お父さんが仕事に出てる以上、家のことはわたしがやるしかないもの。自然とこれくらいはできるようになるわ」

「……」

それを聞いて僕は思わず言葉を失《な》くす。

それは、つまり……。

「そう。お察しの通りうちは父子家庭よ。若くしてお父さんが建築デザイナとして独立して、夫婦でがんばってきたみたいだけど、その苦労がたたったのね。わたしが六つのときにお母さんは病気で亡くなったわ」

意外にあっさりと、先輩はそれを口にした。

「大変だったんですね」

「みんな神妙な顔でそう言ってくれるわ」

けれど、その表情が少しだけ曇る。

『大変だったね』『苦労したのね』。でも、そんなの結局は当事者じゃないとわからないものよ」

今度は寂しそうにそう漏らした。

「……すみません」

確かにそうだ。僕に父子家庭の辛《つら》さなどわかるはずがない。

「ううん。ごめんなさい。わたしのほうこそ変な言い方しちゃって」

先輩は笑ってそう言ったが、気まずい沈黙が残った。

黙々とオムライスを食べる。

話す言葉はなく、スプーンと皿がぶつかる音だけがあった。

「そうだ。先輩んちの庭ってバスケのゴールがあるんですね」

何か沈黙を埋めるための話題はないかと探していた僕は、庭のゴールを思い出して話を振った。

「うん。お父さんの趣味なの。物置にボールもあるはずよ。後で出てみる？」

「あ、ちょっと触ってみたいかも。少し真面目《まじめ》にリハビリしようかな？　今日、円先輩にコテンパンだったし。そしたら再戦……でっ!?」

正面から脛《すね》を蹴られた。

その蹴った犯人は何ごともなかったような顔で食事を続けている。……ちょっと怖い。

そして、気がつけば先程よりもさらに重苦しい雰囲気になっていた。

いったい何だというのだろう？

§§§

食後、片瀬先輩が物置からボールを引っ張り出してきてくれて、僕はそれで少しばかり遊んでみた。

「お父さんって高校までバスケをやってたらしいの。それで去年の改築の際に、ね。とは言っても、休みの日にちょっと体を動かす程度にしか使えないみたい」

たぶんそんなところだと思っていた。

ここには広さ以前に致命的な欠点があった。それは地面が芝生だという点だ。芝生だとボールがぜんぜん跳ねない。実際、ここにきてみてボールをついてみたが、ドリブルをするにはかなり厳しく、シューティング程度しかできそうにない。

「那智くんはバスケ部には入らないの？」

シュートする僕に片瀬先輩が聞いてくる。

先輩は開け放ったリビングの全面窓に腰掛けて、ボールで遊ぶ僕を横で見ていた。

「僕？　うーん、背がね、どうしても……っと」

リバウンドしたボールがもうちょっとで植木鉢に突っ込みそうになって、僕は慌てて拾いに走る。

「高校でまでバスケをやろうってやつはみんな体格がいいし、実力もあるから。僕程度じゃ、ね」

「えー。確かに那智くん、小っちゃいけどものすごく巧いのに。ほら、あのときだってジャンプした後にこうして、こうして、こう……」

言いながら先輩は右腕を上げたり下げたりした。

「ん？ ああ、ダブルクラッチですか？ あれはあれでテクニックとしては高度だけど、器用なやつならわりとやってのけるから」

そこでふと湧いた疑問に首を傾げる。

先輩が言う〝あのとき〟っていつだろう？ 今日、円先輩と一対一をやったときにはダブルクラッチはやっていない。となると、先輩がいてそれをやったときと言えば……。

「あれ？ 先輩、もしかしていつぞやの昼休みの3on3、見てたんですか？」

「うん。見てたわよ」

「うわ、ぜんぜん気づいてなかった」

てっきり僕のことなんかぜんぜん見えてなくて、最後の騒ぎでようやく気がついたのだと思っていた。

「だから言ったでしょ？ 那智くんが何かに一生懸命になると周りが見えなくなることくらい知ってるって」

どうやら見ていなかったのは僕だったようだ。いやもう、まったくもって面目ない。

「ねえ、那智くん。那智くんならフリースロー、何本くらい連続で入る？」

「フリースローですか？　どうだろう。五、六本なら決めれるかな？」

答えながら一本、シュートを撃ってみる。

リングに当たって激しい音を鳴らしながらも、何とかゴールした。

「ふうん。……じゃあ、十本。連続で十本入ったらキスしてあげる」

「ぶっ！　何その唐突な提案!?」

ボールを追っていた僕は危うくひっくり返りそうになった。

「いいじゃない。……なあに？　那智くんは男の子なのにチャレンジ精神ってものがないわけ？」

「む」

先輩、えらく挑戦的だな。

謎な景品は兎も角、そこまで言われたらやらないわけにはいくまい。僕は長年に渡って体に染み込んだ感覚で、ゴール真下から四・六メートルの距離を取った。

まずは一投目……。

ガンッ
ボールはリングにきらわれて見事に外れた。

「せ、先輩……」

「はいはい。今のは練習でいいわよ」

片瀬先輩は笑いながら先回りして言った。

交渉の末、五本だけ練習をさせてもらえることになった。

中学レベルでも十本連続というのはそれほど難しいものでもないと僕は思っている。五本の練習で三投目までにシュートをしっかり決めて、残り二投でそれをトレース。その感覚を体に覚え込ませれば十分に可能だ。

「では、本番いきます」

改めて一投目。

スパンッ、と小気味よい音を鳴らしてボールはリングを撃ち抜いた。

先輩が手を叩いて歓声を上げた。

「ナイスシュート!」

ボールが地面を転がり、僕のところへ戻ってくる。シュートの際、手首のスナップがしっかり効いていて、且《か》つ、ボールがリングにノータッチで通ると、回転の関係で自分のところに戻ってくるのだ。このあたりからも僕は理想的なシュートが撃てていると実感した。

続く二投目から六投目までもほぼ同じ軌道を描いてリングを抜けた。

七投目でリングに当たってあわやと思ったが、リングの縁《ふち》を二周した後、内側へと落ちた。これで七本連続。今まで数えたことはないが、おそらくこれが自己ベストだろう。八投目でズレた軌道を修正し、九投目では再び理想形のシュートを決めることができた。

そして、最後となる十投目。

僕はあまり跳ねない芝生に力を入れてボールをつき、むりやりドリブルをしながら精神統一をはかる。

と、そこで思わぬ邪魔が入った。

「那智くん、あと一本。決めたらご褒美のキスが待ってるぞっ」

「え……」

あー、えっと……フリースローを十本連続で決めるという課題にばかり意識がいっていて、そのことをすっかり忘れていた。

本気、なのか？

聞けばすむことなのだが、何だか怖くて聞けなかった。顔すらまともに見られない。

いや、そんなの聞くまでもなく冗談に決まっている。そうにちがいない。……でも、過去に二度、前科があるし。そうとも言い切れないのかもしれない。もし仮に、万が一、ひょっとして、何かの気まぐれで本気だった場合、それは口なのか頬なのかが問題になる。いったいどっちだ？

「……っ」

ちょっと待て、僕。何を真面目に考えているんだ。これはあれだ、僕の動揺を誘うための先輩の罠だ。今一度冷静になれ。よし、何か別のことを考えよう。六、二十八とき て四百九十六の次は何だったっけ？　……ええい、ダメだ。思い出せない。

そう言えば僕、今までに二度もキスされてるんだな。一度目はほとんど身動きできないときで、二度目は寝ているとき。……そんなのばっかりというのは男としてどうなんだろうな？　不覚を取りすぎだろ。

くそっ、何でこんなことになってるんだ？　そうか、お昼につられてきてしまったのが悪かったんだな。お昼をご馳走になっても、結局は買いものにいかないと夕食に困ることには変わりないじゃないか。迂闊《うかつ》。

あー、僕、もうなんかグッダグダだな。

（兎に角、無心で撃つんだ……）

ごくり、と唾《つば》を飲み込む。

そして――、

「あーらら」

片瀬先輩が可笑《おか》しそうにくすくす笑う。

無心どころか雑念入りまくりのシュートは、別の意味でリングにノータッチ。見事にエアったのだった。

「残念無念、また今度♪」

唄《うた》うように先輩が言う。

僕はというと残念なような、ほっとしたような、複雑な気持ちだった。

果たして、ご褒美のキスはいったいどこまで本気だったのだろうか？　もちろん、そんなの怖くて聞けないけど。

7

唐突に、それはきてしまった。


最近、僕は少しおかしい。

片瀬先輩と会うと心が乱れる。

そんなこと前からだったけど、最近、加速度的にそれがひどくなってきている。

片瀬先輩が男と一緒にいるのがいやだと感じる。

そんなこと前はなかったのに、最近、そういう光景を見ると気持ちがささくれ立つ。

片瀬先輩にだって男の友達もいれば、クラスの男子と話だってするだろう——そう頭では理解しているのに、感情が納得しようとしない。思考と感情がうまくリンクしないのだ。

何だか苛々《いらいら》してくる。かと言って、その感情を上手く処理できるわけでもなく、結局は散々持て余した挙げ句、まったく関係のないところに理由をこじつけてぶつけてしまう。要するに八つ当たりだ。

そんな自分がたまらなくいやで、気がつけば先輩と会うのを無意識に避けるようになっていた。

なのに、我知らず片瀬先輩の姿を目で追い、先輩の目がこちらに向きそうになったら慌てて隠れる。そんなことを繰り返した。

§§§

「なにやってるんだろうね、僕は」

いいかげん自分で自分のやってることがわからなくなって一夜にこぼす。すると、一夜はいつも通り本から顔も上げず、無感動な声で淡々と答えた。

「いちいち言わなあかんか？　自分でもわかっとんやろが。わかってへんのやったら言うたるけど」

「……」

ま、そりゃわかっちゃいるけどね。だって、自分のことだもの。でも、出どころや正体がわかればどうにかなるってものでもないわけで。

「はぁ……」

僕はため息を吐くついでに脱力して一夜の机に突っ伏した。一夜が素早く本をよける。

「どけ、邪魔や」

「そう思うんなら、何かアドバイスして」

僕は机を不法占拠したまま言う。

「なに駄々こねとんねん。敵に塩を送るような真似はせん」

「……」

んー？　何だろう？　何か今、とんでもない爆弾発言を聞いたような気がするぞ。

机に伏せたまま考え込む。

一夜は、そんな僕の後頭部に本を置くと、何ごともなかったかのように読書を続けた。

§§§

実は今、学園にひとつの噂が流れている。

曰《いわ》く「片瀬司は妹尾康平《せのおこうへい》とつき合ってるらしい」。

その噂が、僕の気持ちをさらにざわつかせる原因でもあった。

ある日の放課後、化学実験室の掃除をしながら僕は友人に聞いた。

「でも、妹尾康平って、誰……？」

「なに、お前、知らないの？」

そいつは呆れたようにそう言いつつも、簡単に説明してくれる。

妹尾康平。三年四組、普通科通常クラスながら陸上部に所属。種目は走り幅跳び。ルックスはまあまあだけど、ユーモアと親しみやすいキャラで人気があるらしい。つまり、容姿よりも性格で人を引きつけるタイプ。この対極にあるのが圧倒的なルックスと恐ろしく愛想のない性格の一夜だろう。ただ、妹尾康平の場合、主に女子生徒中心に人気があり、男子生徒にはあまり人気がないとのこと。

「しかも、誰かがその噂の真偽を確認したら、片瀬先輩は否定しなかったって話だ」

「へえ……」

誰かって誰だよ？

「へえって、お前ね。本当に噂には疎いのな。俺もそのへんのこと千秋に聞きたかったんだけど、その様子だと知らないみたいだな」

「何で僕？」

「だって、お前、片瀬先輩と仲いいじゃん。千秋なら何か聞いてるかと思ってさ」

「ああ、そういうことね。そりゃあ会えば話はするけど、特別仲いいわけじゃないよ」

さらりと嘘を言う自分に詐欺師の才能を感じた。新しい自分発見。これからは僕のことをネオ那智と呼んでください。

「それにね、仮に親しかったところで、それはまた別の話じゃない？　その手のデリケートな話は突っ込んだこと聞けないよ」

「そうか」

「うん、そう。それより早く終わらせよう」

僕はあまり楽しくない話題にケリをつけ、黒板消しを持って窓へと向かった。両の掌にひとつずつ装着し、バンバン叩くとチョークの粉が舞う。

僕はこのときほど目のよさを呪《のろ》ったことはなかった。それとも、見たくないものほど目に入ってくるというあれか？　と言うのも、この窓から見える渡り廊下に片瀬先輩の姿があったのだ。

そして、その横には男子生徒の姿も。

ふたりは大量の本を平積みにして持ち、こちらの校舎に向かって歩いてきていた。

僕は通り過ぎていく先輩を黙って見送る。手は意識とは無関係に、機械的に黒板消しを叩き続けていた。

やがてふたりの姿が見えなくなった。

「はい、僕の分終わりっ。後は任せた」

僕は黒板消しをもとの場所に戻すと、置いていた鞄をひっ摑《つか》んで教室を飛び出した。後ろで友人が何やら喚《わめ》いていたような気がするが聞かなかったことにする。今日は耳、お休みです。あしからず。

（あの様子だと図書室かな？）

本をたくさん持っているから図書室というのも安直な発想だが、この校舎には図書室も含めた特別教室が集まっていて、あんなたくさんの本を運び込むところと言えば図書室くらいしかない。おそらく間違っていないと思う。

辿り着いた図書室には、以前にきたときと同じで、やはりほとんど人がいなかった。沈黙と静寂を美徳とする室内は足音が立たないように絨毯が敷かれていて、とても静かな空間を維持している。

その中でかすかに話し声が聞こえた。

書架のほうからのようだ。僕は勉強している生徒の邪魔をしないように注意しつつ閲覧スペースを通り抜け、話し声の出どころへと向かう。と、それはやはり片瀬先輩たちのものだった。僕はそこから書架をひとつはさんで隣の列に隠れる。

書架は枠組みだけのありふれたスチールラックで、そこに本を背中合わせに収めてある。僕は息をひそめ、話し声に耳を欹《そばだ》てた。

（って、端《はた》から見たら、今の僕、すっごい怪しいな）

さて、問題のお隣さんはというと、全体像はわからないが本を片づける片瀬先輩と、それに話しかける男子生徒という構図のようだ。

「あ、そうだ。知ってる？　俺と片瀬ってさ、つき合ってるんじゃないかって噂があるらしいよ？」

あー、この人が今話題の妹尾康平氏なわけね。

『あ、そうだ。知ってる？』なんて切り出してるけど、聞いてる僕からしてみれば話したくてウズウズしていたようにしか思えない。

「ええ。そうらしいわね」

片瀬先輩は極めて冷静に返事をする。

カタン、とスチールラックが音を鳴らした。先輩がまたひとつ本を片づけたようだ。

「まぁ、ほら、誤解なんだけどさ。どうせならいっそのこと、俺たちつき合わない？」

妹尾康平が軽い調子で切り出した。

（あ、こんにゃろ。外堀から埋めてきやがった……）

僕の中で勝手な想像が広がる。

例の噂を流したのはほかでもない妹尾康平自身というストーリィだ。噂を流し、それが学園中に浸透したのを見計らって今みたいな話をし、片瀬先輩を墜《お》としにかかる――。

もうひとつ推測を重ねさせてもらえば、『誰かがその噂の真偽を確かめたら、片瀬先輩は否定しなかった』という部分もこいつの仕業だ。それを聞けば『誰かが確認したこと』をもう一度本人に確認しようと思う人間はいない。

基本的にこういう小細工をするやつは好きじゃない。悪いけど極めて原始的な手段に訴えさせてもらおう。――そう、鉄拳制裁《てっけんせいさい》あるのみ。

僕は握り拳を固め、思いっきり殴ってやった。……本を。

「どわっ、何だ⁉　本がっ⁉」

僕が殴りつけた本は向こう側の本を押し出し、そして、飛び出した本が妹尾康平に命中する。書架の向こうでドサドサと音がした。

「悪いけど、わたし、回りくどいことする人はきらいなの」

慌てる妹尾康平を尻目に、片瀬先輩はぴしゃりと言った。……さすがだ。しっかり見抜いていたらしい。

「今日は手伝ってくれてありがとう。そのことには素直に感謝するわ。それからその本はちゃんと片づけて帰ってね。図書室のマナーよ？」

「ま、回りくどいって何だよ⁉　それにこの本は勝手に飛び出してきて……ああっ、くそっ」

妹尾康平は何やら反論しようとしたみたいだが、片瀬先輩がさっさと帰ってしまい、最後には悪態をついていた。

小物らしい最期だ。いや、死んでないけど。

「おい、そこに誰かいるのかよ」

やば。早々に退散するとしよう。
テキトーな本を持って閲覧席に座り、知らん顔で妹尾康平をやり過ごす。
座ったばかりですぐに席を立つのも変なので、もうしばらく読書を続けていた。が、
仕方なくやる読書なんて面白くないもので、五分もすれば飽きて欠伸《あくび》が出てきた。もう
そろそろいいだろう。そう思ったそのときだった。
どん、と正面の席で大きな音がした。
見ると机にこれでもかと言うほど大きく、分厚い本が置かれていた。そして、そこに
立つ片瀬先輩――。
すでにただならぬオーラ全開だった。普通に怖い。
片瀬先輩はイスを引いてゆっくり座ると、片肘《かたひじ》を突いた姿勢で黙ってその本をめくり
はじめた。……せめて何か言ってほしい。息苦しくて窒息しそうだ。
「那智くん、さっき、向こうの書架にいなかった？」
やっと先輩が口を開いた。しかし、声に表情がない。
「い、いえ……」
「そう。じゃあ、わたしの勘違いだったのね」
大丈夫です。おそらく勘違いでも何でもないかと。
先輩はそれきり黙る。

片瀬先輩と僕の間に流れる空気が密度を増したような気がした。きっと性能のいい圧縮ソフトを使っているのだろう。生憎《あいにく》、僕は解凍ソフトを持ち合わせていない。

それからしばらくして、先輩はまた重苦しい空気を裂いて言葉を紡いだ。

「さっきね、本が勝手に飛び出してきたの。どういうことかしら？」

「そ、それは、ほら、あれですよ。ランページゴースト……じゃなくて、ポルターガイスト？」

これほど苦しい説明も珍しい。

先輩は相変わらず本に目を落としたままページをめくっている。ていうか、今度は聞きっぱなしで返事すらなしですか。

苦しいがここは嘘を貫いて乗り切るしかない。幸い、先ほど詐欺師の才能を開花させたばかりだ。

「ああ、それからね、さっき妹尾君からの交際の申し込みみたいなのがあったけど、きっぱり断ったわ」

「そのようですね。僕も聞いて、まし、た……。は、ははは……」

「……」

「ははは――……」

そんな才能はなかったらしい。

あー、えっと……もしかして今、僕ものすごくでっかい墓穴《はかあな》を掘った？

空気がさらに重苦しくなって、見えない圧力が体にのしかかってくる。ただ単に後ろめたさからくる自責の念とも言うけど。

ぱたん、と先輩が前触れもなく本を閉じた。そのままそれを押して僕のほうに寄せると、静かに告げる。

「これ、返してきて」

「……はい」

さすがにこの頼みを断れるはずもなく、僕はその本を受け取るとそそくさと逃げるように書架へと向かった。

次に帰ってきたときが怖いが、そのときのことはそのとき考えよう。

（いや、ホントまいった。しっかりバレちゃってるよ）

やはりストーキングについては素直に謝っておくべきか。まぁ、謝ったところで許してくれるとは限らないけど。先輩って意外とバイオレンスだから、多少の肉体的ダメージは覚悟しておかないとな。

しかし、このいやがらせのように巨大な本はいったい何の本なんだろう。そう思って見てみると表紙には『数学事典』とあった。先輩、こんなもの本当に読んでたのか？

実際、今までほとんど使われた様子がなく、うっすらと埃《ほこり》を纏《まと》ってる。

背表紙に貼《は》られてるシールを見て片づける場所を探す。すると、どうだろう。どんどん奥のほうへ入っていって、気がつくと図書室の最奥部まできていた。袋小路の突き当たりがこの本の定位置らしく、そこだけぽっかり空いている。僕はそこに本を戻した。

本が気持ちよく収まったことに満足し、さぁ戻ろうと振り返ると――、

「……ッ!?」


そこに片瀬先輩がいた。


僕の行く手を阻《はば》むように、通路の真ん中で仁王立ちしている。思わず逃げたくなったが、ここは袋小路。唯一の逃げ道は先輩が塞いでる。つまり、これは「ここを通りたかったら、わたしを倒していくことね」というやつか。いや、当然ちがうだろうけど。

片瀬先輩は相変わらず全力で不機嫌だった。きっと怒っているのだろう。

なのに、僕は先輩に見惚《みと》れていた。


吸い込まれそうにきれいな瞳《ひとみ》。

軽くウェーブのかかった蜂蜜《はちみつ》色の髪。

不機嫌に尖らせていても色褪《いろあ》せない桜色の口唇。


先輩の何もかもが僕を魅了する。

それと同時に、僕は僕がおかしくなった理由を改めて思い知らされた。

（そうか、僕はマゾだったのか）

て、自分でオチつけてどーする。……見事なまでの欺瞞《ぎまん》と誤魔化しじゃないか。あぁ、そうだよ、一夜。君のおっしゃる通りなんだよ。

でもさ、そんなのダメだろ。相手はあの片瀬先輩だぞ？

「どうかしたんですか？」

「どうもしないわ。ただ……」

その苛立たし気な声を聞いて、今の台詞を言葉通りに受け取る人間は少ないだろう。

「ただ？」

「面白くないだけ」

そりゃあ大変だ。

「だからって、ここにきても面白いわけじゃないでしょうに」

「でも、今ここにいるのはわたしと那智くんだけだわ」

ここなら誰にも邪魔されずにバイオレンスな行為に及べるという意味だろうか？　それならさぞかし楽しそうだ。

しばらくの間、先輩は僕の顔を見つめていた。

それからおもむろに大きく息を吸うと、それと等量と思われる大きなため息を吐いた。

何だか呆れたような響きを含んだ、聞こえよがしのため息だった。

「このところわたしを避けていたどこかの誰かさんについては、追いつめたからこの際おいておくことにするわ。……まさかこんなふうにこの場所が役に立つとは思わなかったわね」

後半はひとり言のようにつぶやく。

ということは、先に下見をしていたのだろうか。完全に計画的犯罪じゃないか。

「聞いてくれる？　素朴な疑問よ。さっきの妹尾君もそうだけど、どうしてわたしって好きでも何でもない男の子ばかり言い寄ってくるのかしら？」

疲れたようにそう言うと、先輩は書架にもたれた。

そんなの簡単だ。言うまでもない。この学園には先輩に惹かれ、憧れ、好きになる男はごまんといるのだ。そう、どこかの誰かさんのように。

「好きな男だけが寄ってきたら楽でしょうね」

僕も先輩と並んで書架にもたれた。

肩が触れそうな、危険な距離――。

どこか懐かしさを感じるやわらかい雪の、警告の香り――。

「あ、でも、あれか。くる男くる男、みんな好きなんだから、それはそれで大変か」

「あら、失礼ね。わたし、そんな気の多い女じゃないわ」

「それは失礼しました」

冗談まじりの応酬の後、僕らは笑う。

が、それも長くは続かなかった。理由はわかっている。僕が片瀬先輩を避けていたことで、ふたりの間に溝ができているのだ。僕も先輩もそれを見て見ぬふりしているから会話が楽しめない。ぎくしゃくしてくるのだ。

「そう言えば那智くん、好きな女の子はいないのよね？」

「そうらしいですね」

まるで他人事のような返事。

確かに以前、そんなことを言った気がする。じゃあ、今はどうだろう？　たぶん、あのときとはちがう答えなのだろう。だけど、そんなことは言えるはずもない。

「那智くんの好きな女の子って、どんなタイプ？」

「そうきましたか」

「うん。ちょっと興味ある、かな」

自信なさそうな声で先輩は言う。

さて、なんと答えたものか。もしかしたらここが本日の、いや、人生の山場なのかもしれない。

「好きなタイプ、か……」

時間稼ぎのようなひと言をはさむ。

そう、言えるはずもない。言えるはずもないのだが——、

「例えば先輩みたいな人、とか？」


沈黙。

先輩の反応は、ない。

ただ、僕の体の中で心臓の音だけがうるさかった。

三十秒？　それとも一分だろうか？　無音の時間がたっぷりと過ぎてから、ようやく先輩は口を開いた。

「そう。趣味が悪いのね」

たったそれだけだった。

後悔半分。安堵《あんど》半分。そんなため息を僕は吐く。

「かもしれません。……先輩は？　先輩の好きなタイプはどうなんですか？」

「わたし？　わたしは、そうね……」

そこで先輩は一度言葉を切り、少し間を空けてから次句を継いだ。


「那智くんみたいな男の子、かな？」


「それは趣味が悪い」

そして、再度沈黙。

静寂の中、僕らは肩を並べて書架にもたれている。

ふと、だらりと下げた手の、その甲に何かが触れた。

先輩の手だ。

それに気づいた僕は——その手を、そっと握った。

何をやってるんだろう。相手は先輩だというのに。

ああ、ちがう。

先輩だからだ。先輩以外の誰にこんなことをするもんか。

けれど、そんな僕の気持ちなんか先輩には関係なくて。

つないだ手はあっさりと解かれてしまった。

よぎるのは後悔。なんてバカなことをしたのだろう。さっきまでならまだギリギリ冗談ですませることができたのに。

が、少し間があった後、今度は先輩のほうから手をつないできた。一本一本、指をからめるようにして。


僕らはつないだ手を強く握り合った。

「……か、帰ろうか？」

少し固い発音で先輩が聞いてくる。

「そう、ですね。帰りましょう。……その、一緒に」

「一緒に？」

「一緒に」

ほんの少し先輩が考え込む。

「ええ、そうね。そうしましょ」

僕たちの中で確実に何かが変わった瞬間だった。

第四章 本当の彼

the school, the senior and I

04

1

　これだけは誓って言える。

　わたしは那智《なち》くんの魅力に惹《ひ》かれはしたものの、彼を手に入れようという大それた思いはなかった。

　だから、最初から一貫して人目につくところで声をかけるようなことはしなかったし、不自然な接触も避けていた。学年にしてふたつも上の女の子が周りをうろうろしていては、那智くんも困ってしまうだろう。

　ただ、ほんの少し、ほかの女の子たちよりも近くで彼を見ていたかっただけ。

　けれども、そんなわたしの決意も少しずつ狂いはじめていった。

あるころからわたしはおかしくなった。
那智くんが気になる。
円《まどか》のおかげで那智くんと会う機会が増えた。それは那智くんを近くで見ていたいとい
うわたしにとって都合のいい状況だったけど、会うたびにどんどん那智くんのことが気
になっていく自分がいた。
わたしはいつの間にかそれだけでは満足できなくなっていたのだろう。
だから、夕陽《ゆうひ》の差し込む教室で、居眠りをする那智くんがかわいくて頬《ほお》にキスをした。
だから、女の子から告白を受ける那智くんを見て、誰かのものにならないでほしいと
強く願っていた。
だから、もう好きな人がいると言われて落ち込み、それが嘘《うそ》だと聞いてほっとした。
だから、円と仲よくしてるのを見て腹を立てた。
わたしは那智くんのやることひとつ、言葉ひとつで一喜一憂する。こんなにも心が揺
れている。
いや、揺れているんじゃない。
傾いているのだ。

今やわたしの心は危険なほど那智くんに傾いていた。

そして——、

ついにわたしは、那智くんが差し出したその手を握り返した——。

2

「うわあ、円、どうしようー？」

「いや、どうしようも何も、アタシとしては『やったじゃん』としか言いようがないいんだけど？」

円が、慌てふためくわたしとは真逆に、実に冷めた調子で言い返した。

図書室での一件があった翌日の昼休み、円が女子バスケ部の部室に用があると言うのでクラブハウスまでつき合い、誰もいない部室で昨日あったことをすべて話した。

「今さらながらとんでもないことしてしまったって感じよ、わたしは」

わたしは部室の中央に置かれた長机に突っ伏したままこぼした。

対する円はわたしの正面に座っている。何やら探しものだか忘れものだかがあったらしいがそれもすぐに見つかり、わたしたちは誰もいないのをいいことに部室で内緒の色恋話をしているのだった。

「だって年下よ？　年下で、背もわたしより低くて、顔は恰好《かっこ》いいっていうよりはかわいいってタイプで、性格は見たまま子どもで。でも、ボールを持ったときの真剣な顔が恰好よくて、バスケも巧《うま》いし。ちょっと無鉄砲で危なっかしいけど、そこが……」

「もう帰れ！」

　円がわたしの言葉を遮り、出入り口を指さしながらぴしゃりと言った。

「後半、ていうか、八割方意味不明だったけど、それは聞かなかったことにする」

「え、ええ、そうして。そのほうがわたしも助かるわ」

「とりあえず、司《つかさ》が何やら心配してることはわかった。でも、それってちがくない？　そんなの理屈じゃないでしょうが。なっちが手を握ってきて、アンタが握り返した。それが事実」

「うぅ……」

　昨日のことを思い出して、また恥ずかしくなった。足でバタバタと無意味に床を踏み鳴らす。

「それで一歩か二歩か、はたまた半歩か知らないけど、ちっとは前に進んだのも事実。まぁ、アタシから見たら十歩くらい進んだと思うけど」

「前に進むも何も、わたしはこんなつもりじゃなかったのよ？」

　でも、気持ちに変化があったのは確かだ。

　那智くんが愛《いと》おしいという思いは最初からあった。誰かのものにならないでほしいとも思った。でも、実際にこういう展開になり、一夜明けて冷静になると少し怖くなってくる。

「あっそ。じゃあ、いいよ。なっちはアタシがもらっていくから。アタシ、けっこうなっちのこと気に入ってるんだ」

「ダ、ダメよっ！　那智くんはわたしの……」

思わず立ち上がって叫んでいた。

が、勢いよく放った言葉も尻すぼみに消えていった。円がにやにやと笑いながらわたしを見ていたからだ。わたしの親友はいつからこんないやな性格になったのだろう？

あぁ、最初からか。

「司、アンタ、ひとつ大事なこと忘れてる」

「なに？」

わたしは聞き返しながらイスに座り直した。

「なっちの気持ち。下心ミエミエの妹尾《せのお》みたいなやつなら兎《と》も角《かく》さ、男が好きでもない女の手、握る？　単なる友達、単なる先輩にそんなことしないでしょうが」

「そうかも……」

「でがしょ？　てことは、ベクトルの大きさはどんだけか知らないけど、少なくとも矢印の先はアンタのほうに向いてるってことじゃない？　……まぁ、尤《もつと》も、なっちがホントに子どもで、深い意味もなく手を握ったたって可能性もあるけど」

「…………」

ここにきてオチをつけてくるとは思わなかった。わたしはこのいい性格をした親友を相談相手に選んだことを少し後悔した。

と、ちょうどそこで昼休みの終わりを告げる予鈴がスピーカから流れてきた。

「はい、時間切れー」

思わず深いため息がもれた。

§§§

その日の帰り道、那智くんを見かけた。

珍しくひとりで歩いている。でも、声をかける勇気がどうしても出なかった。たぶん、会えば人目以上に那智くん本人を意識してしまうからだろう。実際、昨日も一緒に帰っておきながら、恥ずかしさのあまりほとんど何も話していない。お互いの顔すら見ていなかったように思う。

しばらくの間、わたしは那智くんがギリギリ見える範囲で距離をあけながら後ろを歩いていた。

（そう言えば、那智くんと出会ったころも、こうしてこっそり後をつけてたっけ……）

思い出して、少し懐かしい気持ちに駆られる。

あのころは今とは逆で、人目を気にして声をかけるタイミングを計っていたのだった。

駅五つ分電車に揺られ、降りたころには同じ制服を着た生徒は疎《まば》らになっていた。

(よし……)

心の中で気合いを入れてから那智くんに歩み寄る。そうしてあと十歩ほどでその肩に手が届くというとき――突然、那智くんが駆け出した。

「あ……」

わたしから離れていく那智くんを見て、小さく声をもらす。

いったい何があるのだろう? そう思って彼の向かう先を見ると、そこにひとりの女の子がいた。

染めていると思《おぼ》しき赤い髪のショートカットの女の子だ。どこかの高校の制服に身を包んでいる。上着は脱いでいて、代わりに白のベストを着ていた。歳《とし》や学年はわたしと同じくらいだろうか。

顔立ちはいいのに柄が悪そう――そう思ったのは女の子が煙草《タバコ》を手にしていたからだろう。

那智くんがその子の前に立つ。

びっくりする女の子。

那智くんはその口から煙草を引ったくると、そのまま地面に落として足で踏みつけた。

まったく、何という子だろう。好んで煙草を吸っているような高校生をいちいち注意していたらきりがないというのに。そこが那智くんらしいと言えば那智くんらしい。少し頬が緩む。

相手の女の子も最初は何か言い返していたようだけど、ついには根負けして降参した様子だった。ポケットから煙草の箱を取り出すと、それを那智くんの差し出した掌《てのひら》の上に乱暴に乗せた。踵《きびす》を返し、荒い足取りで去っていく。

ようやく終わったらしい。わたしは改めて那智くんに声をかけようと決めた。いま見たことを話題にして切り出せば少しは話もしやすくなるだろう。

でも、また那智くんが駆け出した。

先ほどの女の子を追いかける。そして、追いついて横に並ぶと、体当たりをするかのように肩をぶつけた。そのまま一緒に歩いていく。それは友達同士でふざけ合っているか、まるでじゃれつく仔犬《こいぬ》のような仕草だった。

「え……？」

一瞬、自分の目を疑う。

那智くんが、楽しそうに笑っていた。今まで見た笑顔とはほんの少し、だけど、何かが決定的にちがう笑顔。

わたしの見たことのない横顔《プロフィール》。

女の子も鬱陶《うっとう》しそうに那智くんを押して遠ざけながらも、つられたように笑みを見せている。彼を見る目が優しい。

ふたりが遠ざかっていく。

（あれ？　なんだろう……？）

ふいに地面が揺れた。地震だろうか？

立っていられないくらい揺れてる。こんなときはどこに逃げればいいのだろう。建物の中よりロータリィの真ん中とかのほうがいいのだろうか。

ああ、そうじゃない。

揺れているのはわたしだ。

わたしの頭だ。

何だか頭がぐるぐるする。

そんなぐるぐると回る風景の中、那智くんの姿が次第に小さくなっていった。

3

翌日の昼休み。

「はぁ」

思わず口からため息がこぼれた。

「なに盛大にため息なんか吐《つ》いてんのよ？」

場所は学生食堂。テーブルの向かいでランチをつついていた円が、当然のように聞いてきた。

「別に……」

「って言うんなら少しは誤魔化《ごまか》す努力を見せなさいっての」

苦笑してから円はわたしに向けてぐっと顔を突き出すと、周りに聞こえないように小声で続けた。

「なに？　なっちと何かあったわけ？」

「なっ、なんで那……ぁ——」

思わず立ち上がって言い返す。が、すぐに周りの視線に気づいて、手で口を覆うようにして言葉を飲み込んだ。危うく食堂の中心で那智くんの名前を叫ぶところだった。

わたしは座り直すと、身を乗り出して円に顔を寄せた。

「なんで那智くんがらみだって決めつけるのよ⁉」

声のトーンを落としながら、それでいて怒ってみせる。我ながら器用な発声方法だ。

「だって、今のアンタが悩みそうなことって、なっちのことくらいじゃない？」

「いや、まぁ……」

図星だけど。見透かされてるようで、なんか悔しかった。

わたしは円から離れ、再びイスにもたれてひと言。

「……関係ないわ」

「おし。なっち召喚」

そう言うと円はスマートフォンを取り出した。画面の上を淀《よど》みなく指が滑る。

「やだ。ちょっと、やめてよっ」

慌てて円の腕を摑《つか》んでやめさせた。

「なっちとは関係ないんでしょ？　だったら別に呼んでもいいじゃん」

言いながら円はにやにやと笑ってわたしを見ている。わたしの親友はどうしてこうもいやらしい性格なのだろう。ため息が出る。

「ええ、そうです。その通りです。何か文句ある？」

「逆ギレかよっ。……まぁ、いいけど。ほら、聞いてやるから、話しなよ」

「う、うん」

とは言え、こんなことを相談できるのは円くらいしかいないのも確かだ。溺《おぼ》れるものは何とやら。わたしは昨日のことを話すことにした。

「那智くんが女の子と歩いてたの……」

「ふうん。それで？」

「それでって……それだけ」

沈黙。

そして——、

「はぁ⁉　もしかして、そんなことで落ち込んでたの？　アンタねぇ、相手を誰だと思ってんの。なっちよ？　女友達なんて普通にわんさかいてもおかしくないでしょうが」

「でも、すごく仲がよさそうだった……」

「そりゃあ中には普通以上に仲のいいのもいるんじゃないの？　近所の幼馴染《おさなじ》みとか、同じ中学だった子とかさ」

円は気楽にそう言ってのける。

だけど、その様子を直接自分の目で見ていないからそんなことが言えるのだ。

那智くんのあの笑顔。

無邪気で、無防備で、無警戒な笑顔。

あんな笑顔をわたしは向けられたことはない。わたしの知らない横顔。あれはきっと那智くんが心を許した、限られた人間だけに見せる笑顔なのだろう。

「姉妹ってセンは……なかったね。確かひとりっ子だっけ」

「うん……」

お父様の転勤にお母様もご一緒された今、家には那智くんひとりだと言っていたから間違いない。

だから、あの女の子は仲のいい異性としか考えられなかった。

「ああ、もうっ」

思い悩むわたしの前で、突然、円が叫んだ。

「そんなふうにあーだこーだ悩むのは性に合わん。短刀は直輸入がいちばん。……なっち召喚。直接問い質《ただ》しちゃる」

「だから、やめてってば」

再び端末を手にした円の腕を掴んで取り押さえる。

どうやらこの体育会系直球思考の円に相談したわたしが間違っていたようだ。問題があれば、まずは力業で解決しようとする。

「ていうか、なんで円が那智くんのアドレスを知ってるのよ？」

「んにゃ、知らんよ。アタシが知ってるのは遠矢《とおや》っちのほう」

たぶん那智くんと遠矢君はたいてい一緒にいるから、遠矢君に連絡を取れば那智くんも捕まるという発想なのだろう。それはわかるが、それにしても円がなぜ遠矢君のアドレスを知ってるのかがおおいに謎《なぞ》だ。

「もしかして、円、こっそり遠矢君とつき合ってるとか言わない？」

「何でじゃ⁉」

間髪《かんはつ》入れず否定された。

「ないない。あんな本の虫の優男、興味ないね。アタシの好みは、雪山で遭難しても笑いながら先頭に立ってラッセルするようなサバイバビリティが高くて、バイタリティ溢《あふ》れる男だから。将来の夢は『夫婦でエベレスト登山が趣味。元日は毎年頂上で初日の出見てます。ただし、妊娠中は泣く泣く断念したけどなー』って家庭だで？」

「……」

壮大すぎて言葉が出てこない。いつか「あたしの旦那《だんな》」と言って熊みたいな冒険家一歩手前の登山家を紹介される日がくるような気がした。

「あ、そ、そうだ、司。知ってる?」

わたしが絶句していると、円が話を変えてきた。たぶん思わず夢を語ってしまった照れ隠しなのだろうけど、あまりにも女の子らしくない夢だったので、その心情を理解するのは難しかった。

「例のカメラオタク三人組。とうとう学校に悪事がバレたってさ。余罪もそこそこありそうだから、それなりの処分になるんじゃない」

「……いい気味だわ」

心底そう思う。

思い出したら腹が立ってきた。わたしへの不愉快な行為もそうだけど、何より那智くんに三人がかりで手を上げたのが赦せない。わたしのかわいい彼氏を。退学にでもなればいいのに。

「それにしても円、よく知ってるわね」

「まーねー」

にやにやと笑う円。

この顔は何か知っていそうだ。今度あらためて問い質してみよう。

「おっと、脱線しすぎた。兎に角さ、その女の正体が気になるってんなら、ストレートに聞いてみたらいいんじゃないの？　なっちが二股《ふたまた》かけられるような器用なやつとは思えないしさ。意外と『なんだ、そんなことか』ってオチになると思ってんだけど」

「うん……」

案外それがいちばん手っ取り早いのかもしれない。……よし、決めた。今日の放課後にでも聞いてみよう。

「聞いた後でヤキモチ焼いて、睨《にら》んだり蹴《け》ったり首絞めたりするなよ」

「……」

全部やったわ。

それは兎も角として、

「ケータイかぁ……」

那智くんは持ってるのだろうか？　もし持っているのなら聞いておくのもいいのかもしれない——そう思っていると、円がそれを見透かしたように言った。

「なっちならまだケータイ持ってないってさ。今どき珍しいよね。あの子、ひとりっ子でひとり暮らしでしょ？　持ってるかと思ったんだけどね」

「ああ、そうなんだ……って、だからなんで円が聞いてるのよっ」

「だから、言ったでしょ？　アタシ、けっこうなっちのこと気に入って……ぁ痛っ！」

とりあえず足を踏んでおいた。

§§§

放課後、七時間目の終了を待って那智くんの教室へ行ってみることにした。

未《いま》だに人目の多いところで那智くんと会う勇気はないけど、今は私的緊急事態。なるべく自然な感じで呼び出せばそれほど人目を引くこともないだろう——と思う。

各クラスの当番の生徒が実にやる気なげに掃除をする中、わたしは那智くんの教室を目指した。

やがて目的地が見えてきたところでその声は聞こえてきた。

「いくぞー、なっち」

声の主に心当たりはないけど、そこに含まれている単語を耳ざとく拾ってしまった。

「おー。いつでもこーい。あと、なっち言うなー」

続けて応《こた》える那智くんの声。

見ると廊下の先で一年生が掃除をサボって野球をしていた。家から持ってきたのであろうゴムボールと、バット代わりの箒《ほうき》。こちらに背を向けて箒を構えているのが那智くんだった。

ピッチャーが投げる。

飛んでくるボールに合わせて那智くんが思いきり箒を振った。

「あ……」

と、思わず声がもれたときはもう遅かった。

ガラスの割れる音が響く。

廊下の幅に対してバットが長すぎたのだ。それを躊躇《ためら》いなくフルスイングしたのだから、結果は火を見るよりも明らか。ガラスの割れる音が過不足なくすべてを物語っていた。しかも、掃除の時間ということもあり、運の悪いことに窓は開け放たれていて、ガラスが一方に二枚重なっている。そこを箒が貫通。ひと振りで二枚割るウルトラCだ。

「こらあぁっ！　誰だーっ！」

まだ教室にいたらしい先生がすぐに飛び出してきた。那智くんのクラスの担任であり、一年の学年主任にして生活指導の尾崎《おざき》先生だ。

「千秋《ちあき》、お前か。やっぱりお前はロクなことをせんなぁ。お前のようなやつはいつか必ず何かやると思っていたぞ。ガラスを片づけた後、生徒指導室にくるように」

嫌味たっぷりな尾崎先生と、小さい体をさらに小さくして怒られる那智くん。

そして、わたしは話す機会を逸した。


「なーにやってんだか」

「わあっ」

下駄箱で待ち伏せて那智くんに声をかけた。

時間は七時間目終了から軽く一時間はたっている。生徒指導室で散々説教をされたのだろう。疲労感いっぱいで那智くんは昇降口に降りてきた。そんなところに声をかけたものだから、飛び上がって驚いていた。

「何だ先輩かぁ。驚かさないでくださいよ」

とりあえず、変に意識せずに話せたので、まずは第一関門クリアというところか。

「まさか高校生にもなって掃除サボって野球やって、挙げ句にガラスを割って先生に怒られる子がいるとは思わなかったわ」

「……げ。先輩、見てたんですか？」

「ええ。もうしっかりと」

「うわあ、カッコ悪っ。今度から手打ち野球にしよ……」

那智くんはピントの外れた反省をする。

「あれ？　でも、なんで先輩があんなところに？」

「ああ、うん。ちょっと那智くんに用があって」

「用？」

首を傾《かし》げて那智くんが聞き返してくる。

ここが第二関門だろう。かと言って、いきなりあの女の子は誰と聞くのも話の流れとしてはおかしいし。

「今度の日曜日なんだけど、那智くん、予定ある？　もしよかったら遊びにいかない？」

ひとまず核心は避ける。

とは言え、これもまるっきり嘘というわけではなく、確かに那智くんを誘って行きたいところがあった。

それは近くの教会。

そこは児童養護施設も兼ねている大きな教会で、次の日曜日、そこでバザーがあるのだ。もう何年も前から毎年開催されていて、今では夏祭りのような地域の恒例行事になっているほどだった。中でも評判なのは教会で焼いているパンで、わたしもそれが楽しみで毎年足を運んでいる。

「すみません、先輩。次の日曜はちょっと……」

「え？　ああ、そう？　じゃあ、仕方ないわね」

だけど、あえなく断られてしまった。

一度頓挫《とんざ》した計画を立て直すのは難しく、結局、例の質問を切り出すことはできなかった。

§§§

そして、日曜日——。

那智くんがいないのは残念だけど、わたしはひとりで教会にきていた。

閑静な住宅街の一角にある教会。いつもは周りの雰囲気に溶け込むようにして静かに佇《たたず》んでいるのだけど、今日にかぎっては遠くからでもわかるくらい賑《にぎ》やかだった。まるでそこが街の中心であるかのよう。きっと皆、この日を楽しみにしていたのだろう。正門ではひっきりなしに人が出入りしている。

バザーは敷地を入った教会の前庭を使って開かれている。また、バザーだけではなく、隅では長机とパイプ椅子《いす》を並べて喫茶店のようなこともやっている。そこで美味《おい》しいと評判の手作りパンも振る舞われているのだ。

「あら。あれって……」

敷地の中に入ると、そこに見知った姿があった。

那智くんだ。

彼が小学生くらいの男の子を数人引きつれて、バスケットボールで遊んでいたのだ。ゴールはないけれど、曲芸のようなドリブルをしたり指先でボールを回したりして、ボールハンドリングを披露している。体育館でのわたしがそうだったように、子どもたちもまるで魔法を見ているような気持ちにちがいない。

やがて那智くんもわたしに気がついたらしく、子どもたちにボールを渡すと、手を合わせてしきりに謝ってからわたしのほうへ駆け寄ってきた。

「誰かと思ったら先輩じゃないですか。もしかして最初からここにくるつもりだったんですか？　……うわあ、だったらあのときちゃんと聞いておけばよかった」

「じゃあ、那智くんも？」

きっとわたしの誘いを断った理由も同じだったのだろう。

「うん。先生に手伝ってほしいって呼ばれたんだけど、いつの間にか子どもたちのお守りになっちゃって」

「いいじゃない。みんな楽しそうよ。好かれてるのね、那智くんって」

わたしがそう言うと、那智くんは恥ずかしそうに笑った。

「那智」

と、そこに彼の名を呼ぶ声。

いったい誰だろうと声の主を見――、

（え……？）

その瞬間、わたしは固まってしまった。

そこにいたのはあの日見た煙草の女の子。今はラフなパンツルックにエプロンをつけていた。

「あ、紗弥加姉《さやかねえ》」

応える那智くんの顔がぱっと明るく輝いた。振り向く間際、一瞬見えた笑顔が先日の光景と重なってわたしの胸を締めつける。

息が、詰まりそうだった。

「那智。パンが焼けたから子どもたちと一緒に喰《く》って昼にしろってさ。先生が」

お世辞にもきれいとは言えない言葉遣いで、ぶっきらぼうに彼女は告げる。

「なんで……」

わたしはようやくの思いで声を絞り出した。だけど、ちゃんとした文章にはならない。

なぜ彼女までここにいるの？

那智くんと彼女を交互に見る。彼女はわたしの視線に気がついたようだけど、面倒くさそうに赤毛のショートヘアに手を突っ込んで頭を掻《か》くだけだった。目を逸らし、自分から自己紹介する気はさらさらないらしい。

「あ、そうだ。先輩にも紹介しといたほうがいいですね。こっちは紗弥加姉。いちおー僕の姉さん、かな」

そう言った那智くんは少し照れているようだった。

でも、今のわたしにはそれがひどく辛《つら》い。

「……そ」

「え？」

「嘘！　わたしにそんな嘘を吐かないでっ」

「う、嘘⁉」

那智くんが目を丸くする。

「だってそうじゃない。那智くんにお姉さんがいるなんて聞いてないっ。仲のいい女の子がいるなら、はっきりそう言えばいいじゃないッ」

それなのによりによっていもしないお姉さんだなんて。

わたしは堰《せき》を切ったように溢れ出てきた言葉を叩《たた》きつけると、その場から逃げるように駆け出した。

腹立たしくて。

許せなくて。

でも、それ以上に自分が惨めに思えて。

何だか泣きそうだった。

円の嘘つき。何が『なんだ、そんなことか』ってオチになる、よ。ぜんぜん笑えないじゃない。

4

そのときわたしを走らせていたものは、はっきりと本当のことを言ってくれなかった那智くんに対する腹立たしさと、彼女への嫉妬《しっと》だったと思う。

兎に角、那智くんと顔を合わせたくなかった。

もちろん、彼女とも。

「ちょっと待ちなよ」

それなのにわたしを呼び止めたのは件《くだん》の彼女だった。

走った後の荒い息のままわたしたちは向き合う。

「ったくもう、なんでオレがこんなことしなくちゃならないんだ?」

オレ? 今、彼女は自分のことを〝オレ〟と言わなかっただろうか? さっきも口の悪い女の子だと思ったけど、まさかここまでひどいとは思わなかった。

「あぁもう、息が上がって死にそう」

彼女は息を切らせながら喘《あえ》ぐ。

「煙草なんか吸ってるから肺活量がなくなるのよ」

「──ってねーよ……」

「え?」

「いや、何でもない……って、あれ? なんでオレが煙草やってるって知ってんだ?」

「……胸のポケット。煙草の箱が見えてるわ」

尤もな指摘だったけど彼女が煙草を持ち歩いていたおかげで、何とか誤魔化すことができた。前に那智くんと一緒のところを見ていたと言えばよかったのかもしれないけど、あの場面はあまり思い出したくなかった。

「何か用かしら？」

一瞬、「那智くんは？」と口から出かかったけど、すぐに飲み込んだ。それではまるで那智くんが追いかけてきてくれることを期待していたみたいだ。

「アンタが片瀬《かたせ》っていう那智のセンパイだろ？　聞いてるよ」

そこで彼女は一度、わたしを頭から足の先まで舐《な》めるように見て、そうしてから言葉を続けた。

「最近那智のやつがよく話題にするからどんなやつかと思えば――はン、この程度か。どうやら見た目だけで、中身はたいしたことないみたいだな」

「な……っ」

わたしは絶句する。初対面なのになんて言いようだろうか。

「だってそうだろ？　さっき言ったこと、那智的には嘘じゃなかったよ。でも、アンタはあいつが嘘を吐いたと思ってる。そう決めつけてる。あいつのことをちゃんとわかって、すべてを信じられるやつじゃなきゃうちの那智はやれないね」

どこか怒ったように言葉を紡ぐ。

いったい彼女は何様のつもりなのだろう。しかも、那智くんのことを『うちの那智』だなんて。それともそれだけのつき合いだと暗に誇示しているのだろうか。

「じゃあ、あなたなら那智くんに相応《ふさわ》しいとでも言うのかしら？」

「どうだろうな。でも、少なくともアンタよか那智に近いところにいるとは思ってるよ」

意味深な言い方と自信ありげな態度。

わたしは言い知れぬ不安を感じた。まるでただ単に仲がいいだけではないかのようだ。

「聞きたい？　いいよ、おしえてやっても。でも、聞いたらアンタ、きっと那智とは住む世界がちがうって思い知ることになるよ」

彼女の口調は挑戦的だ。

対するわたしも、それに応えるように臨戦態勢をとった。こうなったらとことんまでやってやるわ。

「ええ、ぜひ聞かせて。那智くんがどこかの国の王子様だったりするのかしら。楽しみだわ」

わたしがそう言ってやると、彼女は何とも気になる不敵な笑みを見せた。

「じゃあ、まずは自己紹介しとくかな。オレは後宮《あとみや》紗弥加。和泉ヶ丘《いずみがおか》高校の三年な」

これにはちょっと驚いた。和泉ヶ丘高校と言えば、この学区では文句なくトップの公立高校だ。彼女の素行から、そんな優秀な高校に通っているとは思いもよらなかった。

「オレが和泉ヶ丘《ガオカ》じゃおかしい？　隠さなくてもいいよ。驚いてくれるほうがオレも楽しいしな。世の中、人を見た目で判断するレベルの低いやつが多いからさ。そういうやつらが目を丸くして驚くのを見るのが好きなんだ」

「性格悪いのね」

「仕方ねぇじゃん。オレさ、中学まであの教会で世話になってたんだ」

「え？　教会って確か……」

児童養護施設――。

「そ。親がふたりとも早くに事故で死んじまってさ、引き取ってくれるような親類もなかったしな。ただそれだけの理由なのに、あそこにいたってだけであっちこっちで面倒くせー扱い受けるんだぜ。たまんないよな。そりゃ性格も悪くなるってーの」

そう言いながらも、その口調は意外にもさばさばしたものだった。

「そいつらを見返したいって気持ちもあったんだろうな。死ぬ気で勉強してガオカに入ったってわけ。生徒手帳見る？　時々信じないバカヤロ様がいるから持ち歩いてんだ」

「けっこうよ。それにあなたの話ばかりで那智くんの――」

そこでわたしはあることに気づき、言葉が途切れた。

彼女はあの教会――児童養護施設で育ったという。

そして、那智くんはその彼女のことを姉と呼んだ。

それはつまり――。

「那智くんってまさか……」

「鋭いね。そう、那智もオレと同じ。あの教会の出身さ」

彼女はここぞとばかりに嫌味に笑い、わたしの言葉を先回りした。

「そんな……。でも、待って。那智くんにはちゃんとご両親がおられるはずよ」

「那智はね、縁があって千秋の家に引き取られただけなんだ。実際はぜんぜん血のつながってない、赤の他人だよ。確か小五のときだったかな」

「じゃあ、那智くんのご両親、生みの親は？」

次に湧いた疑問がそれだった。

目の前の彼女の親と同じように事故で他界したのだろうか？　それとも何かの事情で一緒に暮らせないとか？　いくつかの可能性が頭に浮かぶ。

だけど、現実はわたしの想像を超えていた。

「さぁね。先生の話だと教会の前に置き去りにされてたって話だ。それが雪の日だったもんで、見つけたときには肺炎を起こしててかなりヤバかったらしい。ま、今はあの通り元気だけどな」

「……」

言葉が、出てこない。

「あいつは、生まれて一ヶ月もたたずに親に捨てられたんだ。親の顔も知らなけりゃ、そいつらが今どうしてるかもわかんない。そういう意味じゃオレより残酷だよな」

わたしは何だかひどく不安定な足場の上に立っているような気分だった。

今にも崩れそうなそれは、わたしの中の那智くんをイメージしているのだろう。わたしが知っている那智くんはほんのわずかで、実際は何も知らなかったも同然なのだと思い知らされた気分だ。わたしが勝手に思い描いていた彼のイメージが、脆《もろ》くも崩れ去っていく。

「那智もオレと同じだったよ」


後宮さんは語る。

教会にいたときは、やはり彼女と似たり寄ったりの扱いを方々で受け、千秋家に引き取られた後もそれはさほど変わらなかったという。

千秋のお父様は法曹界に身をおく方で、那智くんは天涯孤独の身からそれなりに豊かな家庭の子へと一転した。しかし、どこにでも噂《うわさ》好き、詮索《せんさく》好きの人間はいるもので、那智くんの生い立ちを調べ上げ、暴露してまで異端扱いしてきたのだ。「あの家は裕福だけど、子どもには何か事情があるらしい」「本当の親子じゃないらしい」。根底には妬《ねた》みや嫉妬があったのだろう。

「なのに、なんであいつはあんなに真っ直ぐ育ってんだろうな。オレはこんなにヒネたってのに」

そう言いながら後宮さんは苦笑した。

本人は気づいているかどうかわからないけど、那智くんを語るときの彼女の目は優しくて、どこか誇らしげだった。

「那智のやつ、千秋の家に行ったってのに、今でもちょくちょく教会に顔出すんだ。あいつがくるとみんな喜んでさ。アンタも見ただろ？　中学までいたオレよかよっぽど慕われてる。ああいうのってある種の才能なんだろうな」

彼女がそう言うのを聞きながら、わたしは別のことを考えていた。ちょっと待て——と、今度は自分自身を呼び止める。

前にわたしは那智くんにひどいことを言わなかっただろうか。……そうだ。あれは彼を家に招いて、一緒にお昼を食べたときだ。うちが父子家庭だと知った那智くんは「大変だったんですね」と同情してくれた。

それに対してわたしは何と言った？　こう返したのではなかったか。

「みんな神妙な顔でそう言ってくれるわ。『大変だったね』『苦労したのね』。でも、そんなの結局は当事者じゃないとわからないものよ」

その瞬間、わたしの顔から血の気が引いた。

何てことを言ったのだろう。

あのときは那智くんの生い立ちを知らなかったから、なんて言い訳にもならない。少なくともわたしは同情してくれる那智くんの気持ちを突《つ》っ撥《ぱ》ねた。まるでわたしだけが不幸であるかのように振る舞って。

(傷つけた……！)

わたしはきっと那智くんを傷つけた。なのに、那智くんは何も言わなかった。文句も言わず、自分のことも語らなかった。

わたしは那智くんに何と言えばいい？　何と言って謝ればいいのだろう。


「ああ、ここにいたんだ」


那智くんだった。

「なんだ、紗弥加姉のほうが先に見つけたのか。じゃあ、僕、まったく見当違いのとこをさがしてたってこと？」

那智くんは苦笑する。

きっとわたしが走り去った後、すぐに追ってきてくれたのだろう。それは素直に嬉《うれ》しかった。だけど、今のわたしに那智くんに近づく資格などありはしなくて……。

自然と体が後ずさりしていた。

「こないで……！」

「え……？」

那智くんの足が止まり、そのかわいい笑顔が凍りつく。

怖かった。

那智くんと顔を合わせるのが怖かった。

彼のそばにいればいやでもわたしの罪を思い知らされる。

「ごめんなさいっ」

だから、わたしはまた那智くんの前から逃げ出した——。

5

数日後の昼休み。

学生食堂を見渡すと、すぐに円の姿を見つけることができた。もうすでに席に着いていて、目の前にはランチのトレイが置かれている。

速い。

わたしとて特に急いできたわけでもないけど、四時間目が終わって普通に歩いてきたというのに、円のこの速さは何なのだろう。

円もわたしを見つけ、軽く手を上げて応えてくれた。ただ、スマートフォンで誰かと話しているらしく、声は出さずに手を振っただけだった。いつもならひと声かけるのだけど、とりあえず先に昼食を確保することにした。

「じゃあ、そこまではやってあげるけど、後は知らないからね。自分でやりなよ。ああ、うん、じゃあね」

席に戻ってくると、ちょうど円が電話を終えたところだった。

「なに？　また頼まれごと？」

「まぁね」

スマートフォンを脇に置きながら円は答える。

「本当はそういうの面倒でいやなんだけどね。中にはこいつのためならやってやろうかなって思うやつもいるわけよ」

何だかんだで円はよく頼られる。そして、口ではああ言っているけど、相手が誰であろうとちゃんと世話を焼く。きっと面倒見のいい姐御《あねご》体質で体育会系気質だからだろう。

「あーあ、誰かさんも頼ってくれたらいいのになぁ」

聞こえよがしにそう言ってくるが、わたしは何も答えなかった。

わたしが那智くんの前から逃げ出したあの出来事からもう五日が過ぎ、今日は金曜日。あれ以来、那智くんとは会っていない。正確にはわたしがただひたすら顔を合わせることを避けている。自分の咎を知った今ではどう接していいかわからないのだ。那智くんには一度ちゃんと会って謝らないといけないとわかっているのだけど、今はまだその勇気がなかった。

那智くんとわたしの間に何があったかは円にも話していない。

にも拘《かか》わらず、那智くんと鉢合わせしないように少なからず協力してもらっているので、わたしが誰のことについて悩んでいるかくらいとっくに予想がついているだろう。一方的に心配をかけさせているばかりだ。それで円は先のようなことを言ったのだろうと思う。

「ま、いいけどさ。気が向いたら話してよね」

「うん……」

と、返事をしたものの、たぶん話すことはないだろうと思う。これは自分で解決しないといけないことだから。


食後、わたしたちは第二体育館へと場所を移した。バスケットボール好きの那智くんがいるかと思ったけど、幸い今日はきていないようでほっとした。円が少々強引にわたしをここにつれてきたのは、その可能性を期待してのことだったのかもしれない。

ボールで手遊びをする円と適当に言葉を交わしていると、やがて昼休みの終了を告げる予鈴が鳴った。

教室へと戻るその帰り道。

「まったく、誰よ。ボールが外に出たんだったらすぐに拾いにいけってーの」

文句を言いながら円が拾い上げたのはバスケットボールだった。きっと彼女の言った通り、誰かがボール遊びをしているうちに体育館の外に飛び出したのだろう。

「悪い、司。これ、返しといてくんない？」

と、円はボールをこちらに差し出す。

「え？　いいけど。何でわたしが？」

「うちさ、次、数学なんだわ」

「ああ、なるほど」

それだけで納得できた。

円やうちのクラスの数学を担当している中馬《ちゅうま》先生は有名な先生だ。始業のチャイムと同時に挨拶《あいさつ》もなしに授業をはじめ、終業のチャイムと同時にやはり挨拶なしで帰ってしまうのだ。そして、授業開始の際、席に座っていなかった生徒は問答無用で遅刻扱いになり、もれなく平常点が減らされる。円もこんなところで時間をとられている場合ではない。

「悪いね」

ボールをわたしに預けると、彼女は申し訳なさそうに手を合わせた。

校舎に向かう生徒の流れに逆らい、わたしは第二体育館へと戻る。入り口ですれちがった生徒が最後のひとりだったのだろう、体育館はもう誰もいなかった。体育の授業もないらしい。

バスケットボールを持って無人の体育館を横切っていると那智くんのことが思い出された。プレイしてるときの真剣な表情と、その中で時折見せる笑顔が目に焼きついている。

（いいかげん那智くんに会わないと……）

このまま那智くんとの関係が終わってしまうのはいやだ。いや、仮に終わってしまうにしても、ちゃんと謝らないと――そうは思うのだけど、最初の一歩を踏み出せないでいるのが現状だった。

わたしは体育倉庫までくると、籠《かご》の中にボールを戻す。

と、そのとき、かすかに物音が聞こえた。

「誰？」

呼びかけてみるけど応答はない。誰かいるのかと思ったけど、気のせいだったようだ。

わたしもさっさと教室に戻らないと。


「うぇーい」

踵を返しかけたとき、唐突に奇っ怪なかけ声とともに、跳び箱の一段目を持ち上げて中から誰かが出てきた。

　那智くんだった。

「よいしょ、と……」

　とりあえず、押し戻して蓋《ふた》（？）を閉めておいた。

「なんでっ⁉」

　蓋の上に置く重しになりそうなものを探していると、再び那智くんが勢いよく飛び出してきた。

「〝なんで〟じゃないでしょ。いったい何をやってるのよ、こんなところで」

「先輩を待ってたんです。……よっと」

　答えながら那智くんは跳び箱から出てきた。軽やかに着地すると、再び一段目をもとに戻す。

「待ってたって、こんなところじゃ……あっ、さては円とグルだったのね⁉」

　わたしはようやく気がついた。

　こんなところで待っていたって出会うはずがないのだから、後はわたしをここにくるように仕向けた円が一枚噛《か》んでいたと考えるしかない。食堂での電話も、相手は那智くんだったのかもしれない。

「だって、先輩、僕のこと避けてたみたいで、こうでもしないと捕まりそうになかったし」

「それは……」

事実なので反論のしようがなかった。

「だからって跳び箱に入ってる必要はないんじゃない」

「そこはちょっとしたサプライズってことで。……ん？　あ、まずい。先輩、隠れてっ」

「え、なに⁉」

「いいからっ」

那智くんの強い口調に圧《お》されるようにして、わたしは高い跳び箱の裏に隠れた。那智くんもボール籠の陰に身を潜めている。

「誰かいるのかー？」

入り口のほうから先生の声。たぶん昼休みに開放していた体育館の施錠兼見回りの先生なのだろう。

「声がしたと思ったんだがなぁ」

姿は見えないが首を捻《ひね》っている様子が伝わってくる。

それからおもむろに重そうな音を立てて扉が閉められ、ガチャンと鍵《かぎ》のかかる音が響いた。

そして、わたしたちは暗闇《くらやみ》の中に取り残された。

「あー……」

タイミングを計るように那智くんが口を開く。

「もしかして、僕、判断誤ったっぽい？」

「ええ、見事な判断ミスだわ。素敵よ、那智くん。だってわたし、初めて那智くんに殺意を覚えたんですもの」

まったく、何で隠れたりしたのだろう。

「と、とりあえず僕、ドア叩いてみます」

そう那智くんが言った後、ごそごそと動く音が聞こえてきた。きっと手探りでドアを探しているのだろう。やがてドンドンと厚い金属のドアを叩く音が響きはじめる。

「誰かーっ。助けてーっ」

ドンドン
「誰かいませんかーっ」

ドンドンドンドン
「ここに人がいまーすっ」

ドンドンドンドンドンドンドンドン
何だか妙に熱心に叩いてる。まるで殺人鬼と一緒に閉じこめられているかのような必死さだ。

「……」

あまり深く考えないことにしよう。

こういう場合は冷静になることが大事だ。そう思い、わたしはスマートフォンを見た。

「……那智くん、もういいわ。ここ電波届いてるから」

「は？」

幸いにして最初に思いついた方法で解決してしまった。

円にメールを送る。後はそれさえ見てくれればすぐに彼女が行動を起こしてくれるだろう。相手に円を選んだのは、彼女ならあまり騒ぎにせず、且つ、迅速に対処してくれると思ったからだ。ここにはわたしだけでなく那智くんもいて、下手《へた》に騒がれると大変なことになる。その点、円ならそのあたりの事情もわかってくれているので安心だった。

「はい、送信っと。これでいいわ。やることはやったし、後は待つだけね」

わたしは床に腰を下ろした。スマートフォンでライトを点《つ》けることも考えたけど、やめた。あまり意味はなさそうだし、電池の無駄だ。

「那智くんも座ったら？」

「そうですね」

そう答えると那智くんも腰を下ろしたようだ。暗闇の中、その気配が伝わってくる。

そして、沈黙。

何だかバタバタしていてそれどころじゃなかったけど、よく考えれば那智くんと顔を合わせるのも、ふたりきりになるのも久しぶりだ。

（これ以上先延ばしにしていても仕方ないか……）

知らなかったとは言え、わたしは那智くんにひどいことを言った。那智くんがどう思っていようと、そのことについてはちゃんと謝っておこう。それがけじめだと思うから。

わたしは覚悟を決めた。


「すみません」


だけど、先に謝ったのはわたしではなく、那智くんだった。

「な、なにが……？」

「紗弥加姉がいろいろ言ったでしょ？　きっと先輩、気を悪くしたと思う」

那智くんは自分がしたことでもないのに申し訳なさそうに謝った。それだけあの後宮さんという女の子は身内も同然と言うことなのだろう。少し、胸が締めつけられる。

「ううん。そんなことない。……ちょっとショックだったけど」

「やっぱり。紗弥加姉ってそういうところがダメなんですよね。口は悪いし、人を怒らせるのは得意だし。しかも、それを直そうとも思わないところがますますダメ。僕が注意してもぜんぜん煙草やめないし。この前だって――」

「えっと……那智くん？」

放っておくとどこまで続くかわからないので、適当なところで呼び止める。

「はい？」

「いや、そういうときって普通、『でも、悪い人じゃない』とか『本人に悪気はない』

とか、そういうフォローが入ると思うんだけど……」

「え？　でも、紗弥加姉の場合、本当に庇《かば》いようがないし」

「あー、そうなんだ……」

こうなると後宮さんが『そんなやつにうちの那智はやれない』みたいなことを言ってたのは、任せられる相手を見極めようとしていたわけではなく、本気で誰にも渡すつもりはなかった可能性が高くなってきた。……まぁ、あの言葉はあの言葉で痛いところを突いていたけど。

「その後宮さんから那智くんの話、聞いたわ」

「そうらしいですね。……あ、いや、別に隠していたわけじゃなくて、いずれは話そうと思ってたんですよ？」

那智くんはばつが悪そうに言う。

まったく何という子だろう。あんな話、隠そうとして当然なのに、それを黙っていた自分が悪いと思うなんて。

「ごめんなさい」

わたしはようやくそのひと言が言えた。

「わたし、前にひどいこと言った」

「んー？　どれだろう。たくさんあってどれのことやら」

「……怒っていい？」

「ごめんなさい。もうしません」

再び沈黙。

那智くんが茶化すから話すタイミングを逸してしまった。

でも、不意に那智くんが口を開く。

「前に先輩の家でお昼をご馳走《ちそう》になったときのことですよね？」

「！　わかってたの？」

「まぁ、何となく。でも、先輩、気にしないでください。僕も先輩の気持ちがわかりますから」

「わかる……？」

「だって、僕も少なからず同情される側にいて、そんなこと言われたくないって思ったころもあったから」

「過去形なんだ」

「うん。今はちゃんと父さんと母さんがいるからね。……だから、先輩もあんなこと言ったくらいで気にやまなくていいですよ」

那智くんは、強い。

それに比べてわたしは血のつながった実の父親が健在だというのに、未《いま》だに同情されると子どものように拗《す》ねている。

そして、そんなわたしを那智くんは赦《ゆる》そうとしていた。

那智くんはどこまでも強い。

「ねぇ、那智くん？」

「何ですか？」

「抱きしめていい？」

「ぶっ。何それ⁉　何でいつもそんな唐突なんですか⁉」

「そうしたいと思ったから。……ダメ？」

「い、いや、まぁ……」

口ごもる那智くん。

もうひと押しかな？　と、そう思ったとき、扉が外から叩かれた。

「おーい、司ー。なっちー。いるー？　助けにきたよー」

円の声だった。

「あら、残念」

すぐに倉庫の扉が開けられ、わたしたちは十数分ぶりに光の下に出ることができた。

§§§

「だいたいの事情はわかった」

那智くんの担任、尾崎先生は呆《あき》れたようにそう言った。

あの後、すぐにわたしたちは職員室につれていかれた。円が倉庫の鍵を借りるには体育科の先生に掛け合わなくてはならず、さすがに誰にも知られずにすませることはできなかったのだ。そうなれば当然お咎めなしというわけにもいかず、今に至る。

横には三年の学年主任もいるが、黙って尾崎先生に任せている。教師としての何らかの力関係があるのだろう。

「人に聞かれたくない話をしていて、そのまま閉じこめられたというんだな？　どうやらすぐに四方堂《しほうどう》に助けを求めたようだから、まぁ、いかがわしいことが目的ではなかったと思っておこう」

信じられない。何だ、この先生は。自分のクラスの生徒を含めた高校生をそんなふうに疑っていたのか。しかも、『思っておこう』って、ぜんぜん納得してないみたいだ。

尾崎先生は那智くんに目を向けた。

「しかし、千秋。お前はいろいろやってくれるなぁ。確か先週はガラスを割ったんだったよな。頼むから大人しくしててくれんか。お前みたいなやつでも成績はいいし、それなりに有名な大学には入ってくれるだろうしな」

尾崎先生は嫌味たっぷりに言う。

その蔑《さげす》んだような言い方に、わたしははっとした。もしや、と思う。

「申し訳ありません。以後、気をつけます」

だけど、那智くんは強いから耐える。

その横でわたしは悔しさに拳《こぶし》を握った。きっと尾崎先生は那智くんの生い立ちを知っている。知った上で、あんな言い方をしているのだ。彼の辛さを微塵《みじん》もわかろうとしない、偏見に凝り固まった人たちと同類だ。

尾崎先生は、ふんと鼻を鳴らすと次にわたしのほうを向いた。

「お前もお前だな、片瀬。ついこの間、中学生とつき合ってるという噂を聞いたばかりだが、今度は千秋か？」

そして、ぐっと顔を寄せて下からわたしの顔を覗《のぞ》き込むと、手を握ってきた。

「そんなガキばかり相手してないで、たまには大人ともつき合ってみるか？　ん？」

行動の気持ち悪さと言動の不愉快さで、背筋に寒気が走った。

わたしは咄嗟《とっさ》に手を振り払おうとする。ついでに引っ叩《ぱた》いてやろうかと思った。だけど、それよりも先に先生のほうが離れていた。正確には、イスごと後ろに転げていた。

「先生、それが教師の言うことですか⁉」

握り拳を固めて那智くんが怒鳴る。

一瞬遅れでわたしは、那智くんが先生を殴り飛ばしたことを理解した。

「ハッ。すぐに暴力とはな。やっぱりか。それとももう片瀬にたぶらかされて、すっかり忠犬か？」

「先輩をそんなふうにっ！」

倒れているイスを跳び越え、那智くんが再び先生に飛びかかる。

だけど、それは叶《かな》わなかった。たまたま職員室にいた体育科の先生に取り押さえられてしまったのだ。警察が犯人を捕まえるときのように後ろ手に腕を摑まれ、床に押さえつけられる。

「ちくしょう！　取り消せよ、さっきの言葉を！　先輩に謝れ！」

それでも那智くんは小さな体で抵抗し、喚くように先生への非難を続ける。

騒然とする職員室の中、わたしはいつしか泣き出していた。

6

那智くんはひとまずは三日間の謹慎となった。正式な処遇については、その間に行う職員会議によって決められる。

ただでさえ担任教師への暴力事件なのに、那智くんが殴った学年主任兼生活指導の尾崎先生はかなりの力をもっているため、最悪の場合、退学もあり得る。そうおしえてくれたのは、職員会議に参加したわたしの担任の先生だった。

そして、火曜日の今日、那智くんが学校に呼ばれ、その処遇が言い渡されることになっていた。

わたしは一日千秋の思いでこの日を待ち、今日学校にきてからもひどく緩慢に感じる時間の中で一日を過ごした。

そうして放課後。

§§§

わたしは正門付近で那智くんが出てくるのを待っていた。時間はもう五時を過ぎていて、那智くんが学校に呼ばれて一時間以上がたっている。話がこじれているのだろうか。

(最悪の場合、か……)

そのときはわたしも、と思っている。

那智くんがああいう行動に出たのはわたしのせいだ。自分のことは何を言われても耐えていたのに、根拠のない卑劣《ひれつ》で品のない中傷がわたしに向けられた途端、那智くんは逆上した。わたしのために、と自惚《うぬぼ》れるつもりはない。ただ単に耐えかねていたものがそこで爆発しただけだろう。でも、わたしがいなければそういう事態は避けられたかもしれない。そう考えれば、やはりわたしのせいと言える。

来客者用の玄関にようやく那智くんの姿が見えた。一緒にいるのはお父様とお母様だろう。那智くんもこちらに気づき、ひとり先に駆け寄ってきた。

「先輩、わざわざ待っててくれたんですね」

久しぶりに会った那智くんの顔は、いつもと変わらず明るかった。少しほっとする。

「うん。それで、その……どうだったの、結果は」

わたしが聞くと那智くんはピースサインを出し、にっこり笑った。

「無罪」

「それ、ちがう」

思わずおでこを叩く。

笑顔を見せるから最悪の処分は出なかったのかと期待すればこれだ。しかも、こんな冗談が飛び出すから安心かと言えば、そうとも言い切れない。この子は笑いながら「退学でしたー」とか平気で言いそうで怖い。

「それで、本当はどうなの？」

「五日間の停学ですみました。だから、週明けから学校にこれますね」

安堵《あんど》のため息が漏れた。

思わず那智くんを抱きしめたい衝動に駆られたが、それは理性で抑えた。何せここは学校で、それ以上に那智くんのご両親がおられるのだ。

「課題がどっちゃり」

「それくらい我慢しましょ」

停学中は外に遊びにいったりしないよう山ほど課題が出ると聞いたことがあるが、どうやらその噂は本当だったようだ。

わたしはご両親らしき人たちを視線で示す。

「お父様とお母様?」

「うん。ガラスを割ったときは何とか勘弁してもらったけど、さすがに今回はね」

言ってるうちにおふたりはもうそばまできていた。

「あなたが片瀬さんですね。息子から聞いていますよ。ずいぶんとお世話になっているようで」

お父様が軽く頭を下げる。

那智くんのお父様はもう初老と言っていいお歳《とし》に見えた。髪には白いものが混じりはじめているが、それを上手く使って整えてある。背も高く、落ち着いた雰囲気のおじ様だった。老紳士という言葉が自然と頭に浮かぶ。

「いえ、こちらこそ。それにこのたびはわたしのせいでこんなことになってしまい、本当に申し訳ありませんでした」

「そんなことありませんよ。第一、どんな理由があろうと手を出した那智がいちばん悪いのですから」

そう言ってお父様は微笑む。安心できる笑顔だ。

「ええ、その通り。あなたが気に病む必要などどこにもありませんよ」

今度は隣のお母様だった。

お母様は、お父様に比べればまだ若いようだったが、それでも高校生の子を持つ親としてはいくぶんか歳がいってるだろう。和装が似合っていて、お父様と並ぶに相応しい素敵な方だった。同じ女としてこんなふうにきれいに歳をとりたいと思う。

「まったく、私の育て方が悪かったのでしょうか」

と、ため息まじりのお母様。

那智くんのようないい子を育てながら、それでも育て方が悪かったなんて言い出したら、世の親のほとんどが海より深く反省しなくてはならなくなる。犯罪者の親なんか切腹ものだ。

「とは言え、那智の話を聞いているとこの子だけが悪いわけではなさそうですから、少々やり返しておきましたがね」

「え……？」

お父様の思いがけない言葉。いったい何のことだろうと思っていると、横から那智くんが耳打ちしてきた。

「尾崎先生、生活指導から外されるみたいです」

「ああ」

ようやくピンときた。尾崎先生のあの教師にあるまじき発言だ。お父様はそこを突いて〝やり返し〟たのだろう。胸のすく思いだ。

見るからに温厚そうで老紳士然としたお父様も、意外とやるときはやる人らしい。

「今はお仕事で家から離れていらっしゃると聞きましたが、やはり今日のためにこちら

「へ？」

「ええ、そうです。あ、いや、仕事が忙しくてゴールデンウィークにすら戻ってきてやれなかったので、ちょうどよかったですよ。休みを取る口実ができましたからね」

途中からわたしに気を遣ってくれているのがよくわかった。それでもそれを心苦しく感じないのはお父様の人柄なのだろう。

「あなた。そろそろ」

「ああ、本当だ。……そうだ、片瀬さん。よろしければうちに寄っていきませんか？こんな時間まで那智を心配して待っていてくれたのです。このまま帰らせるのも失礼だ」

「いえ、でも……」

助けを求めるように、ちらりと那智くんを見る。それを受けて那智くんも何か言いかけていたけど、それよりも早くお母様が口を開いた。

「そう言えば以前にうちの那智がそちらでご馳走になったとか。なら、何かお返しをしませんと。これはお夕飯を張り切らないといけないかしら？」

「これで決まりですな。……みんな門を出たところで待っていなさい。すぐに車を取ってこよう」

そう言うとお父様は足早に来客者用の駐車場へと向かった。あまりの展開の早さに、わたしは呆気《あっけ》にとられる。

「すみません、先輩。父さんも母さんも強引で」

「ううん、大丈夫。ちょっとびっくりしたけど」

でも、不思議と悪い気はしない。

それにもう少し那智くんや、彼を育てたご両親と一緒の時間を過ごしてみたかった。

§§§

「古い家で驚いたでしょう？」

応接室でお父様が苦笑交じりに言った。

那智くんの家は洋館風の邸《やしき》で、確かに古さを感じる。最近の家と比べれば不便だろうと思う部分も多々あった。例えばリビングとダイニングキッチンが完全に別室になっているので、こうしてお茶をするだけでも大変だ。実際、先ほどからお母様が何度も行き来している。何か手伝おうと思うのだけど、あなたはお客なのだからと笑いながら言って、何もさせてもらえない。少し申し訳ない気分だった。

「この家は那智をうちに招くときに購入したのです。そのときに一度は改築したのですが、やはり古いのはどうにもなりませんね」

「いいえ、でも、素敵なおうちだと思います。もちろん、お世辞ではなくて」

「そう言っていただけると嬉しいですよ」

お父様は本当に嬉しそうに笑みを見せた。

ここはそれまでふたりで生きてきた夫婦が、新しい家族のために買った家なのだ。そう考えるとそれだけで大きな歴史のような気がした。とても温かい。

「ご覧の通りここは古いですが、広さだけは無駄にありましてね。那智の遊び場のようになって困りましたよ」

「おかげで怪我《けが》ばかりしてましたねぇ」

お母様も思い出を語るようにしみじみと言い加える。

「またよけいなことを。恥ずかしい。……まぁ、一時期、月イチでどこかから落ちてたけどね。木に登って落ちて、塀を乗り越えようとしてまた落ちて、屋根に上っては転がり落ちて。あと、階段落ちもやったかな。最上段から」

階段落ちって、池田屋じゃあるまいし。

指折り数える那智くんの話を聞いていると、彼がやんちゃ坊主だったことがよくわかる。よくもまぁ今まで大事に至らなかったものだ。

「おじ様、よろしければもう少し那智くんの話を聞かせてくれませんか?」

「せ、先輩、何を――」

「ええ、喜んで」

「父さんもっ」

あっちを向いたりこっちを向いたり、変な流れを止めようと那智くんは必死だ。その気持ちはわかる。わたしだって自分を話題に盛り上がられたらいやだ。でも、ここはわたしの好奇心のために我慢してもらおう。

「さて、何から話しましょうか」

お父様がそう言い出すと、那智くんは観念したようだった。ソファの上であぐらをかいて、口はへの字に曲がっている。

「私たちと那智が出会ったのは、この子が小学生のころでした」

しばし思案してからお父様は話をはじめた。

それはわたしがいちばん聞きたかった話だった。出会ったきっかけや家族になるまでの経緯《いきさつ》。それがわたしは知りたかった。

「ある日、私は道を歩いていて気分が悪くなり、その場に蹲《うずくま》ってしまったのです。そこに通りかかったのがこの子でした。那智は私を見つけるや否や、駆け寄って声をかけてくれました。そして、動けないとわかると、道路に飛び出して体を張って車を止めたのです」

それを聞いてわたしは思わず吹き出していた。いかにも無鉄砲な那智くんがやりそうなことだ。

「その車に乗せられ、運ばれたのがあの教会でした。那智は言うのです。『ここが僕の家だよ』と。自分の境遇に引け目を感じることなく、屈託のない笑顔でね。それからすぐに私たちの交流がはじまりました。休日にこの子を家に招いたり、妻とふたりで教会に足を運んだりもしました。教会に行くとね、たくさんの笑顔が見られるのです。その中心にはいつもこの子がいました」

「ええ。それはよくわかります」

わたしがそう言うとお父様は微笑んだ。自慢の息子を誉《ほ》められた父親の笑顔だ。

「那智はね、うちにくる前からそういう子だったのです。素直で、真っ直ぐで、生い立ちなどまったく気にしない明るい子です。私たち夫婦はこの子の人格形成に何ひとつ関《かか》わってませんよ。最初から那智は那智でした」

前半はおそらくそうだろうと思っていた。後宮さんも、那智くんはそういう境遇でも真っ直ぐ育ったと言っていた。

だけど、後半は強く否定したい気持ちが残る。今の那智くんがあるのはお父様とお母様がいてこそのはず。この素敵な夫婦の愛情によって、きっと那智くんの中に何かが生まれているはずなのだから。

お父様は話を続ける。

「そうしているうちに私たちはこの子を引き取りたいと思うようになりました。もう薄々気づいているかと思いますが、妻は子どもの産めない体なのです」

わたしは黙ってうなずいた。

お父様の言う通り、わたしは何となく察していた。このように子どもに対して優しい顔を向けられる夫婦に子どもがないのは、特に経済的不安がないのならばそういう理由しか考えられない。

「子どものいない私たちにとって那智との出会いこそが天からの授かりもののようなものでした。ですが、この子を引き取りたいと願うことは、同時に大きなわがままでもありました」

「そんな。どうしてですか？」

そう願うことはごく自然なことのように思う。

「先ほども言ったように、那智が教会の中心にいたからです。傍目《はため》から見ても施設の子どもたちに与える影響は大きいとわかるのに、そこからこの子をつれ去ることは罪悪感にも似た辛さがありました」

「……」

「それでも私たちは決断しました。もうほかには何も望まないつもりで、一生に一度のわがままを通させてもらったのです。教会の先生も、きっと神様も許してくださるでしょうと言ってくれました」

当たり前だ。そんなことも許してくれない神様ならいなくてけっこう。魂《たましい》を対価に三つも願いを叶えてくれるという悪魔のほうがよっぽどましだ。

「那智と出会って一年。ついに私たちはこの子を新しい家族として迎えることができました。……そこに写真があるでしょう。それが当時の私たちですよ」

お父様は書架の中にある写真立てに目を向けた。

「見せてもらってもよろしいでしょうか?」

「ええ、どうぞ」

わたしは立ち上がり、木製の写真立てを手に取った。

そこには今よりも少しだけ若いお父様とお母様、そして、小さな那智くんが写っていた。那智くんを真ん中に、三人でソファに座っている。

「それは那智が私たちの子どもになって、初めて我が家にきた日に撮ったものです」

「記念なんですね」

わたしはそれを持って再びソファに座った。隣に座る那智くんにも写真を見せる。

「かわいいわ、那智くん」

「そりゃ子どもだからね」

やはり恥ずかしいのか写真から顔を背け、不貞腐《ふてくさ》れたように素っ気なく言い返した。

今もかわいいし、今も子どもだと言ったらきっと怒るだろう。

「その日から那智は私たちのことを『お父さん』『お母さん』と呼んでくれました。なぜだと思いますか?　頻繁に交流があったとは言え、赤の他人をそう呼ぶのはなかなか難しいことだと思いませんか?」

「それだけおじ様たちが慕われていたということでは?」

「それもひとつの理由でしょうね。ですが、それ以上に私たちがそう望んだから、この子はそれに応えたのだと思っています。きっとあの年でもう人の顔色を窺《うかが》ったり、場の空気を読んだりすることに長《た》けていたんでしょうね」

もしそうならそれは、賢いと同時に不幸なことだ。そうならざるを得ない環境があったということなのだから。

「……ちがうよ」

それまで黙ってお父様の話を聞いていた那智くんが口を開いた。

「僕は、たとえ頼まれたって、やりたくないことやいやなことまでしようとは思わない。僕は父さんと母さんが本当の親になってくれることが嬉しかった。だから、そう呼ぶことに何の抵抗もなかったんだ」

そうきっぱりと言う那智くんは、やはり恥ずかしいのか、あらぬ方向に顔を向けて誰とも目を合わせないようにしていた。

（ああ、この子は……）

やっぱりいい子だ。

わたしはご両親の前なのに、思わず那智くんを片手で引き寄せ、その頭を静かに撫《な》でた。愛おしいと思う気持ちが溢《あふ》れてくる。

「那智くんは、優しいね」

「ちょっ、ちょっと先輩……!?」

那智くんが傾いた姿勢のまま戸惑ったように抗議してくる。だけど、お父様とお母様は何も言わず、目を細めてそんなわたしたちを見ていた。

決してそれに気をよくしたわけではない。

それは自然とわたしの口から出た。未だ十七歳の、しかも、女の子であるわたしが言うのは、きっとおかしいことなのだろう。でも、そんなことは今のわたしには関係ないし、知ったことではない。

「おじ様、おば様。那智くんをわたしにくださいっ」

だから、わたしは那智くんを放してその言葉を口にした。

横で、那智くんがひっくり返っていた。

終章　彼と彼女のプロローグ

the school, the senior and I

epilogue

夜道を、片瀬《かたせ》先輩とふたりで歩く。

今の僕に与えられた使命は片瀬先輩を駅まで送り届けること。食後、父さんが車を出すと言ったが、先輩はそれを断った。

曰《いわ》く「その代わりに那智《なち》くんをお借りしますね」。

それはふたりきりで話がしたいという意思表示であり、父さんもそれがわかったからそれ以上親切を押しつけるようなことはしなかった。もちろん、僕もわかっている。

そうして今に至る。

§§§

夜の住宅街は車もめったに通らず静かだ。普段あまり聞くことのない自分の足音がよく聞こえる。街灯の下を通るたびにふたり分の影が生まれ、伸びては消えていった。

「それにしてもほっとしたわ。停学ですんで」

「僕もです。一時は退学も覚悟してましたから」

まぁ、担任を殴り飛ばして、職員室で暴れたのだから当然と言えば当然か。にも拘《かか》わらず、三日の謹慎と五日間の停学ですんだのなら御の字だろう。

「お義父《とう》様とお義母《かあ》様には何か言われたの？」

「うん、まぁ……って、何か今、先輩の言葉に微妙な違和感を覚えたんですけど？」

「あら、そう？　気のせいじゃない？」

いや、絶対気のせいじゃない。

だって、先輩、今もくすくす笑ってるし。過去の経験と照らし合わせるなら、こういうときの片瀬先輩は必ずと言っていいほどよからぬことを考えてる。

「気になるなら……おじ様とおば様。これでいいでしょ？　で、何か言われた？」

「まぁね。先生殴った。いま謹慎中。もしかしたら退学かもって言ったら、さすがに母さんは慌ててた。反対に父さんは落ち着いてたけど、帰ってきてから僕がどの場面でどう悪かったか長々と説いて聞かされて大変だった」

あのときはさすが法律の専門家だと思った。

「そう。よかったわ。きっとおじ様も那智くんだけが悪いわけじゃないってわかっていたのね。……わたし、那智くんが退学になったらどうしようかと思ったわ。そのときは一緒にって考えてた」

「またそんな冗談を……」

「あら、本当よ？　もう那智くんなしの学園生活なんて考えられないもの」

「そりゃ光栄なことで……」

光栄だけどはっきりそんなことを言われたら、こっちも照れる。それに僕には少しばかり荷が重い。

「そうやって疑うんだから」

「いや、別に疑ってるわけじゃないですけどね。ただ、ここは流しておくべきかと思いまして……」

「もう……」

と、片瀬先輩はふくれ――それきり会話が途切れた。

黙って歩く僕たちの横を、車が後ろから前へ通り過ぎていく。エンジン音が遠ざかって夜の静けさが戻ってくると、それを待っていたように先輩が口を開いた。

「わたし、那智くんと一緒の学園生活が嬉《うれ》しくて仕方がないの。これからの一年、何があるかわくわくしてるわ」

未《いま》だ見ぬ未来に思いを馳《は》せるような先輩の声。

そんなの僕だって一緒だ。

遠くから見て憧《あこが》れるだけだった片瀬先輩と知り合えて、それだけで僕の世界は一変した。これから先、何が待ってるのか楽しみで仕方がない。

「残念なのはそれが後一年しかないことね」

かすかなため息を交えて先輩はこぼす。

そう。先輩とこの学園で同じ時間を共有できるのは後一年。正確には、すでに消費した時間と片瀬先輩の卒業時期を考えれば、もっと短いだろう。僕もそれを惜しく思う。

「でも、大丈夫ね。わたしたちは将来を誓い合った仲。その先があるもの」

「え？」

いや、それはどうだろう？

「今すぐはさすがにむりよね。わたしが卒業した後も那智くんはまだ在学中だし。だったら、やっぱり那智くんの卒業を待つのがいちばんなのかしら？」

「あー、えっと……」

「法律上、男の子は十八歳よね？　せめて戸籍上の手続きだけでもと思ったのに、それでも後二年は待たされるのね」

何だかおあずけを喰《く》った子どものように口を尖《とが》らせる片瀬先輩。……この暴走列車みたいなのをどうにか止めないと。

「あの、先輩？」

「女の子は十六なのに。……ねえ、那智くん、おかしいと思わない？」

うわぁ、聞いてねぇ。

ぜんぜん人の話を聞いていないし、誰もそんなことは聞いていない。もうこうなると聞いてないというよりは聞こえてないのだろう。きっと先輩と僕の間には音の振動数を急速に減衰させる壁があるにちがいない。

「先輩ってば！」

「あら、那智くん。どうかしたの？」

ようやく気づいてくれた。

「いや、独走状態でいったい何の話をしてるのかなと……」

「もちろん、わたしたちの将来の話よ」

片瀬先輩はさらりと言った。

あまりにも当たり前のように言うので、一瞬、僕のほうが間違っているのかもしれないと、斜め下を見ながら真剣に考え込んだくらいだ。

そんな僕を見て先輩は言う。

「もう忘れたの？　ついさっき那智くんの家でその話をしたばかりよ」

「ええ、ええ。覚えていますとも。本人そっちのけであたかも直接渡すお歳暮《せいぼ》の如《ごと》くやり取りしてるのを見ていましたから。ただし、僕はそんな約束をした覚えはないですけどね」

そうなのだ。僕がソファから転げ落ちるほどにぶっ飛んだ先輩のあの発言の後、父さんと母さんは「喜んで」「そちらさえよろしければ」と言ったのだ。

それが本気なのか悪ノリの結果なのか、僕には未だに判断がつかない。

「なら問題ないわね。おじ様とおば様のお許しもいただいているし」

「……僕の発言の後半は無視ですか。そうですか」

思わずため息が漏れる。

「もう、仕方ないわね。じゃあ、先のことはゆっくり決めることにして、もっと近い未来について話しましょ」

片瀬先輩は真偽に関する議論をパーフェクトにスルーした。

（わ、わからん……）

先輩はどこまで本気なんだ？　そして、僕の明日はどっちだ？

「近い未来、ですか？」

「ええ、そうよ。来週、那智くんの停学が解けてからのこと」

それなら安心して話せる。次はどんな飛び散った話が出てくるのかと警戒していただけに、ちょっとほっとする。

「周りに内緒でこっそりつき合うのがいいのか、それとも公言しちゃうのか」

「は？」

「ホントは声を大にして言いふらしたい気分だけど、みんなにバレないようにってのも面白いと思ってるの」

この人、誰？

いや、本当に。いま僕の隣を歩いてるのは誰だろう？　果たして本物の片瀬先輩なのか？　これは意外と深遠な証明問題ではなかろうか。

「えーっと、あのですね……」

「あら、そこまでは否定させないわよ。ちゃんと図書室でのことは覚えてるんだから」

ふふん、といたずらっぽく笑う片瀬先輩。

ああ、間違いなく片瀬先輩だ。

先輩はいたずらを思いついた子どものように笑って、人を困らせるようなことを言う。そして、そのたびに僕はどぎまぎさせられるのだ。

「あ、う……」

僕は図書室での出来事を思い出して恥ずかしくなった。ええい、くそっ。何で僕ばかりこんな思いをするんだ？　不公平じゃないか。

次の言葉を探してる間に駅も近くなり、僕たちは大きな通りに出ていた。

バス道にもなっている道路は交通量も住宅街とは段違いで、あたりは一気に騒がしくなった。ガードレールの向こう側をいくつものヘッドライトが通り過ぎていく。

「では、ここで那智くんに質問でーす」

騒音に負けないようにとさっきより少しだけ大きな先輩の声。そのボリュームに比例して、心持ちテンションも高い気がする。

「あのときのことはそういう意味だと思っていいですか？」

「……はい」

曖昧《あいまい》な質問だったが僕は首肯した。

先輩も満足げにうなずく。

「ん♪　よろしい。かわいいわ、那智くん」

「……っ⁉」

一瞬で、顔の温度が上がった。

どうも慣れない。

僕だってもう十五で子どもじゃないわけで、そんなこと言われても嬉しくない。それに女の子の言う〝かわいい〟は感嘆詞の如く量産されていて、あまり重みのある言葉とは思えない。

なのに、先輩に言われると何かちがう。

いったい何がちがうのかと問われたら答えに困るけど、音源側の振動数や波の数の問題ではなくて、きっと観測者側の精神的な問題なのだろう。

「はい。では、次です」

そんな僕の心の振幅などおかまいなしに片瀬先輩は続ける。

「まだありますか……」

「ええ。だって、まだはっきり好きって言ってもらってないもの」

「な……っ」

思わず言葉を詰まらせる。

何を言い出すのだろうか、先輩は。

「次は、つまり僕に今ここでそれを口に出して言えと？」

「そうよ。ほかに何かあるのかしら？」

まるでそれが世界の常識だと言わんばかりだ。

ええい、考えろ。考えるんだ、僕。この劣勢をひっくり返すカウンター技を。このままだとジリ貧だぞ。

「じゃ、じゃあ、先輩は……？」

「ん？」

「先輩はどう思ってるんですか、僕のこと」

見事な返し技だと思った。いや、まぁ、苦しまぎれに繰り出したサマーソルトキックみたいな感はあるけど、それでも上手《うま》く当たればダメージ五割増しの体力泥棒。一気に形勢逆転だ。

そう思ったのだけど……。

「もちろん、好きよ。那智くんのことが誰よりも好き」

「……」

成功した、よな……？

向けられた矛先をかわした上、先に先輩に言わせたのだから概《おおむ》ね成功と言えるだろう。

なのに何だろう、この敗北感は。

「さあ、どうしたの。次は那智くんの番よ？　言わないなら……」

「い、言わないなら？」

よせばいいのに怖いもの見たさで先を促す。

「……こうするわ」

そう言うなり先輩は僕に飛びかかり、ヘッドロックを仕掛けてきた。

「○×△☆■※――――!?」

「さぁ、どうだっ」

言いながら先輩はぐいぐいと首を絞めてくる。

「死ぬ死ぬ、死ぬっ。先輩、死ぬる……っ」

当たってる当たってる、当たってる。先輩、何か当たってますっ。

「じゃあ、好きって言いなさいっ。わたしのこと好きでしょ？」

「わーっ、好きです、好きですっ。好きだから放してっ」

次の瞬間、片瀬先輩がぱっと手を放し、ようやく僕はがっちり首を極めていた腕から解放された。息が上がる。往来の真ん中でいったい何やってんだか。

「はい、よくできました。素直なことはいいことだわ」

そう言って片瀬先輩は、再びスタスタと歩き出した。

素直？　素直って何だろう？　脅迫に屈することだろうか。……まぁ、僕だって心にもないことを言ったつもりはないんだけどさ。

数歩先に行ってしまった先輩を小走りで追いかける。

「それにしても、危ないことするなぁ」

頸動脈《けいどうみゃく》のあたりを手で押さえ、首を回す。片瀬先輩が意外とバイオレンスなことをすっかり忘れていた。

「大袈裟《おおげさ》ね。円《まどか》の真似《まね》をしただけなのに」

「いや、円先輩は首を絞めないし」

普通、ヘッドロックとは顎《あご》のあたりを極めるもので、首は絞めない。円先輩はそれをわかっているからいいけど、それをわかっていない先輩はまともに首に入れてくるので危うくオチかけた。だいたい円先輩が相手でもいろいろ危険なのに、それが片瀬先輩だと十分に致死量だ。

「でも、嬉しいわ。これで那智くんはわたしのものね」

先輩は弾むような足取りで振り返った。

「なんか脅迫に屈して言わされた感がすごいのですが？」

「……さっきのもう一回やっていい？」

「ダメですダメです！　今度こそ死にます！」

ほとんど脊髄反射でざざざーっと後ろに下がる。人間って両足を接地させたまま動けるんだなぁ、と意識の一部で他人事《ひとごと》のように感心した。

「何よ、そのリアクション。傷つくわ」

そう言うと片瀬先輩はぷいとそっぽを向き、その勢いでターンして三度歩き出す。

（あー、もう、顔の温度が下がらん）

僕も慌ててその後を追った。ただし、先輩に気づかれない程度にさっきより距離を開けて、横に並ぶ。

ふいに先輩が「あーあ」と、夜空に向かって声を放《ほう》った。

「どうしたんです？」

「わたし、那智くんとふたりきりなら余裕あるのになぁって」

「う、うん？」

「感情のコントロールが容易っていうか、そもそもそれ以前にそういう気持ちにならなくて安心っていうか。そんな感じ？」

何のことかさっぱりわからず、僕は首を傾げる。

「要するに、呆《あき》れるほどゲンキンってことなんだと思う」

それきり先輩は口を閉ざしてしまったので、僕もわざわざ聞きはしなかった。きっと僕には理解できない性質のものなのだろう。

気がつけばもう駅は目の前だった。

バスターミナルやタクシー乗り場のある駅前のロータリィを通り抜ければ、もうそこは大きく開いた駅の入り口だ。

そのとき、片瀬先輩が手をそっとつないできた。

「先輩……？」

「うん。あと少しだから。ね……」

そう言った先輩は少しうつむきかげんだった。

「そう、ですね」

僕たちはほんの少しだけ歩く速度を落とす。

それはささやかな抵抗。流れる時間の速さが変わらないのなら、こちらで同じ状態を保つ時間を長くしようという抵抗だ。

今まで何度かつないだことのある先輩の手。

一度目はふたりで遊びに出かけたとき。何だか先輩が怒っていて、つなぐというよりは一方的に鷲掴《わしづか》みにされただけだった。

二度目は図書館で。あのときは特別な意味を込めた。

だけど、今みたいにこうして手をつないで歩いたことはなかった。おかげで手ばかり意識してしまって、今日何度目かの沈黙がまたやってきた。

が、しばらくすると先輩のほうから先に口を開いた。

「よく考えたらわたしたちって将来を約束した仲なのに、手をつないで歩いたこともなければ、ちゃんとしたキスもしたこともないんだわ」

くすくすと笑う。

「でも、きっとみんなこれからなのね」

そう言うと片瀬先輩は、今度は腕を絡めてきた。

「……っ！」

「こら。逃げないの」

驚いて逃げようとしたけど、がっちり腕を組まれてしまって、それも叶《かな》わなかった。

あまりのことに体が硬直して、先輩のほうを向くこともできない。

気配で先輩の顔が近づいてくるのがわかった。


「これから、お姉さんと楽しいことといっぱいしましょ」


耳元で囁《ささや》く。

そして——頬《ほお》にキス。

「わたしたちの未来《これから》に。大好きよ、那智くん。……ここでいいわ。じゃあね」

そう言うと片瀬先輩は改札口へぱたぱたと駆けていった。

残ったのは固まる僕と、かすかな雪の香り。

（お姉さんって誰でぃすかー？）

僕の普通の学園生活ってどこに行ったんだろう？　まぁ、失《な》くしたのは、きっと先輩を初めて見たときになんだろうけどさ。

番外編

恋はサイコロを振らない

家庭科の授業で調理実習があった。

調理実習とは言っても、作ったのはクッキー。これは恒例行事みたいなもので、毎年、年度の最初の調理実習はお菓子作りと決まっている。去年も一昨年《おととし》もそうだった。

そして、これには女の子にとって――いや、男の子にとっても、特別な意味がある。

なぜなら、女の子は授業で作ったお菓子を好きな男の子にあげるという、慣例というか風習というか、そういうイベントがここ聖嶺《せいれい》学園にはあるのだ。

だから、三年生ともなれば慣れたもので、この日のためにラッピング用品やメッセージカードを用意してきていたり、クッキーを作りながら誰に渡すかで盛り上がっていたりする。

「わたしは断然、バスケ部の佐竹《さたけ》君！」

「んー、特進クラスの西川《にしかわ》君かな？」

「わたし、飛鳥井《あすかい》さん……」

「えっ？」


そんな会話を横で聞きながら、美術科においては数の少ない男子諸君は、調理や料理の類《たぐい》が苦手で肩身のせまい思いをしていたり、自分の名前が出てこないか気になったりしている模様。……ただひとりを除いて。


「わたし、遠矢《とおや》君にいっちゃおっかなー」

「あ、じゃあ、わたしは千秋《ちあき》きゅん！」


知った名前が出てきて、わたしは小さく体を跳ねさせる。誰だろう、今のは。しかも、『きゅん』て……。

「ねーねー、司《つかさ》。司はやっぱり千秋君？」

さり気なく誰か確認しようとしたとき、クラスメイトがそう声をかけてきた。

「わ、わたし？　わたしは別に――」

「あ、そっか。司には中三のかわいい彼氏がいるんだもんね」

「え？　ええ、そうね」

そう言えばそんな設定だった。わりとすぐに噂《うわさ》が消えてしまったので、わたし自身すっかり忘れていた。

わたしがこの学校で誰かにあげるなら、やっぱり那智《なち》くんしかいないだろう。那智くんに食べてもらいたい。そのためにいくらか用意もしてきたのだけど……。

(その設定が生きてるなら、あげるのはやめておいたほうがいいのかしらね)

§§§

結局、あげるかどうか決まらないまま放課後になってしまった。

昼休みや午後の休み時間には、誰々にあげてきたなんて会話が飛び交っていたが、今のところ那智くんの名前は挙がっていない。ただ単にわたしの耳に届いてきていないだけかもしれないけど。

そろそろ決めないと。もうチャンスはこの放課後しか残っていない。しかも、今日は水曜日。特進クラスも六時間めで授業が終わりだから、那智くんも今ごろは帰る用意をしているだろう。

鞄《かばん》の中に忍ばせたクッキーの袋を見つめ、考える。

「あの、片瀬《かたせ》さん？」

突然呼びかけられ、わたしは慌てて鞄を閉じた。

「ど、どうしたの、岸《きし》さん」

声をかけてきたのは、岸さんだった。

岸麻美《あさみ》さん。

彼女をひと言で表すなら、大人っぽい女の子、だ。円《まどか》ほどではないにしても背が高くて、左の目尻の艶《つや》ぼくろが色っぽい。内向的な性格で、微笑《ほほえ》みながら人と話を合わせているようなところも、彼女を大人っぽく見せているのかもしれない。

岸さんとは出席番号が並んでいる関係で、いつも年度初めの四月は席が前後になる。わたしが前で、岸さんが後ろ。

「実は千秋くんにクッキーを渡そうと思って」

「え？　那……千秋くんに？」

思わず聞き返す。大人っぽい彼女と那智くんが結びつかなかったのだ。

岸さんはうなずき、続ける。

「それで片瀬さんについてきてほしいの」

「わたしに？」

「ええ。片瀬さん、千秋くんと仲がいいでしょ？　だから、片瀬さんに彼を呼んでもらえたらと思って」

なるほど――と、そこでわたしははっとした。

岸さんがすごくきれいだった。

彼女が美人なのは前から知っていた。では、なぜ今、わたしははっと息を呑《の》んだのだろう？　それは彼女が顔を上げて、前を向いていたからだ。姿勢の話ではなく、気持ちの問題。内向的な性格の彼女はいつも気持ちがうつむいていた。でも、今はちがう。那智くんに自分が作ったクッキーをあげようと決め、前を向いている。その気持ちのちがいが、岸さんをきれいに見せているのだろう。

（もしかしたら自分の気持ちを伝えたりするのかも……）

心がざわつく。

それでもわたしはそれを押し殺し、微笑んだ。

「わかったわ。一緒に行きましょ」

残念ながらわたしは、そんな岸さんの頼みを引き受けてしまう程度には、彼女と仲がよかった。

どうやらわたしはクッキーを渡せないようだ。

岸さんと一緒に一年生の教室に向かう。

「クッキー、上手《じょうず》にできた？」

放課後の校内は解放感による喧噪《けんそう》で満ちている。ともすれば自分の声すらかき消されてしまいそうだ。

「ええ」

彼女は自信ありげにうなずく。

「でも、かなり香椎《かしい》君にアドバイスをもらったけど」

そして、苦笑。

香椎君とはクラスの男子。彼はそういう子だ。

男子のほとんどが文句を言いながら調理実習に挑んでいる中、お菓子作りを趣味としている香椎君だけは堂々としていた。だからと言って、彼は中性的だったり女の子っぽかったりするわけではなく、普通に男らしい外見と内面をしている。

先生ではなく彼に質問をしたりアドバイスをもらいにいっている女の子も多かった。その中に岸さんもいたのだろう。

「岸さんは、その、千秋君のどんなところが……？」

タイミングを見計らってそんな問いを投げかける。

岸さんのような大人っぽい女の子が、どうして那智くんのようなちょっと子どもっぽいところのある男の子を気にしているのだろうか。

「だって彼、とてもかわいいじゃない？」

岸さんはちょっとだけ恥ずかしそうに、そう口にした。

どうやらそのまんま子どもっぽい子が趣味だったようだ。

こうなるとわたしのような中途半端なお姉さんよりも、彼女くらい大人っぽい女の子のほうが一周回ってお似合いなのかもしれない。那智くんもふたりだけのときは思いっきり甘えられるだろうし。

(胸にばふって顔をうずめて、彼女のほうもそれを抱きしめたりして……?)

我ながらすごい想像だった。

「それにいろいろおしえてあげたくなるわ」

「勉強とか?」

特進クラスの彼に、三年生とは言え美術科のわたしたちが教えられるようなことなどあるだろうか?


「ううん。もっと別の……そうね、女の子のこととかかしら」


「は、はい?」

思わず素《す》っ頓狂《とんきょう》な声を上げてしまう。

お、女の子のことをおしえてあげるっていうと……?


『ふふっ。千秋君、すぐえっちなところに目がいくのね』

『ほ、本当はもっとよく見たいです……』

『もう、正直な子。じゃあ、千秋君の見たいところ、ぜんぶ見せてあげる……』

『岸先輩っ』

そんなシーンを思い浮かべ、鼻と口のあたりを掌《てのひら》で押さえながらプルプルと震えてしまう。

（ダメだ。あまりにもハマり役で、想像が捗《はかど》りすぎるわ……）

いったい岸さんはどこまで本気で言っているのだろう。

そうこうしているうちに一年生の教室のあたりまできてしまった。もう少し歩けば那智くんのクラスだ。

「あ……」

そこで岸さんが小さく声を上げた。

「あれ、千秋君だわ」

見れば、ちょうど那智くんが教室から出てくるところだった。手には鞄ではなく、一本の箒《ほうき》。どうやら今日は掃除当番のようだ。

「行ってくるわね」

「あ……」

迷いなく歩く速度を上げた岸さんに、わたしは置いてけぼりにされる。どうしようかと迷った末——ちょうどここは階段のあたり、隠れて様子を窺《うかが》うことに決めた。まさかいきなり抱きしめたりはしないと思うけど……。

岸さんが声をかける。那智くんは面識のない先輩に戸惑っているようだ。那智くんに小さな缶が渡される。さっき見せてもらったけど、くまの登場する有名な児童小説の一場面が印刷されたものだ。もとはキャンディが入っていたらしい。もちろん、今の中身はクッキーだ。

戸惑いを通り越して、驚く那智くん。「ええっ、僕⁉」という声がここまで聞こえてきそうだ。自分がそんなものをもらうとは思っていなかったのだろう。彼は知らないのだ。三年女子の間では大変人気があることを。これからも知らないままでいてもらいたいところ。

それからふた言、三言、言葉を交わし、ふたりは別れた。

那智くんは、未《いま》だ事態が飲み込めないらしく、呆然《ぼうぜん》と岸さんを見送っている。と、そこでふと、こちらに視線を移した——ような気がした。わたしは慌てて隠れる。見つかっただろうか？　別に隠れなくてもいいのだろうけど、頼まれたこととは言え離れたところからずっと様子を窺っていたというのもばつが悪い。

岸さんが戻ってきた。

「お待たせ。無事に渡せたわ」

「そう。それはよかったわ。……じゃあ、帰りましょ」

にっこり笑って帰路を往く。用がすんだのなら長居は無用。那智くんがここまで見にこないうちに退散してしまおう。

「でも、わたしがくる意味はなかったわね」

そのまま階段を下りながら話す。

「ううん。そんなことないわ。片瀬さんがいてくれたから、思い切って声をかけることができたもの」

「そう？　お役に立ててよかったわ」

本当だろうか。今の彼女の感じだとわたしがいなくても尻込みすることなく声をかけただろうし、たとえ那智くんが教室の中にいたとしてもどうとでも呼び出したような気がする。

恋する乙女はパワフルだ。

と、そこでふと思う。恋する乙女であるところの岸さんは、那智くんに何か言ったのだろうか？　つまり、好きだとか、つき合ってほしいだとか。

那智くんはそういうのは苦手なのだそうだ。好きだと告白されたり、つき合ってほしいと言われたりしても、相手が知らない子なら断るのだとも言っていた。だから、大丈夫だとは思うけど。

（〝大丈夫〟？　何が大丈夫なのだろう……？）

あれ？　と思う。

「近くで見る千秋君、すごくかわいかった！」

隣で岸さんが熱に浮かされたように言い、わたしの思考も中断された。

ええ、そうでしょうとも。かわいいだけじゃなくて、恰好《かっこ》いいときだってあるんだから。わたしを助けに颯爽《さっそう》と現れたときとか、ボールを持ったときとか。

「思わずぎゅーってしたくなっちゃった」

「……」

あ、けっこうやりそうになっていたのね。

そう。でも、もしも、だ。

岸さんの魅力でもいい、情熱でもいい。あまり考えたくないけど、大人の誘いでも何でもいい。もしも那智くんが何かの拍子にころっといってしまったら？

前に円にも言ったけど、わたしは那智くんと特別な関係になりたいと思っているわけではない。ほかの女の子よりも一歩だけ近くで彼を見ていられたらそれで満足だ。そして、今のわたしは間違いなくその位置にいる。

でも、いつかは那智くんも誰かひとりを選ぶのだろう。そのとき選ばれた彼女は、わたしよりも近い場所どころか、彼の横にいるのだ。

また心がざわつく。

本当にそれで満足？

わたしは本当に、今のままでいい？

§§§

教室に戻ると、岸さんはこれから美術室に行くという。

わたしは今日はやめておくことにした。帰り支度をし、教室を出る。昇降口でローファーに履き替えて外に出ると、そこでわたしは足を止めた。

(ちょっとだけ、待ってみようかな?)

那智くんはまだ校舎の中にいるはずだ。ここで待っていればいずれ会える。でも、それだと運試しにならない。

(だから、五分だけ……)

その五分で那智くんが出てきたら、そのときは声をかけて一緒に帰ろう。そして、うまくタイミングを見てクッキーを渡すのだ。

人待ち顔で腕時計と昇降口を交互に見る。

そうして一分が過ぎ、二分が過ぎ、三分が過ぎた。やがて四分が過ぎて、「もう五分だけ」と往生際の悪いことを考えはじめたころ、那智くんが現れた。しかも、都合のいいことにひとり。——運命なり!

那智くんがこちらに気づき、笑顔を見せた。かわいい。駆け寄ってくる。

「こんにちは、先輩。誰か待ってるんですか?」

「え？　えっと……円！　そう、円を待っているのっ」

まさか那智くんを待っていたとは言えず――しかも、いい理由も用意していなくて、わたしは咄嗟《とっさ》に思いついた円の名前を出した。口から乾いた誤魔化《ごまか》し笑いがもれる。

「こんな時間まで待ってるってことは、円先輩、まだこないんですか？」

「ええ、そうみたい」

当然、待っていてもくるはずがない。

「ねぇ、那智くん。よかったら一緒に帰らない？」

「うぇ!?　いや、だって、待ってるんじゃ……」

「ううん。円はもういいの。きっと今日は部活だから」

そんなことも確認せずに待っていたなんて、我ながら言っていることがむちゃくちゃだと思う。

「待ってても無駄みたいだし、せっかく那智くんもきたから一緒に帰ろうかなって」

「もちろん、かまわないですが……」

那智くんは慎重に言葉を選んでいる。さっきから支離滅裂なわたしを不審に思っているのだろうか。もしかしたら教室の前でわたしを見かけたことについて、何か聞きたいと思っているのかもしれない。

「そう。じゃあ、行きましょ」

でも、かまわず踵《きびす》を返す。せっかく運試しに勝って得た機会だ。無駄にはできない。

まぁ、半分くらい怪訝《けげん》そうな表情を浮かべる那智くんの視線から逃れたかったというのもあるけど。

すぐに那智くんも追ってきて、ふたり並んで校門を出る。

でも、無言。

お互いがお互い、話し出すタイミングを計っていた。わたしはクッキーの話を切り出そうとしていて、那智くんはやはりわたしに何か聞きたそうな様子だった。おかげで妙な緊張感がわたしたちの間にあった。

「あ、あのね……」

とは言え、いつまでもこうしていられない。わたしは意を決して口を開いた。

「那智くん、今日、何かいいことあった？」

「はい？」

聞き返してくる那智くん。

「なんですか、そのすっごい大雑把な質問？」

「……いいの。今のは忘れて」

確かにこんな質問はない。

しばらく黙って歩き——気を取り直して、また切り出す。

「え、えっとね、那智くん。今日、というか、ついさっきなんだけど、たぶんうちのクラスの子が那智くんのところに行ったと思うの」

「きましたね。クッキーをいただきました。……あれ？　やっぱりあのとき先輩、見てました？」

「そ、そんなことないわよ。あの子が那智くんに渡してきたって言ってたから。直接は見てないわ」

「……」

那智くんからの返事はなく——やや気まずめの沈黙が場を支配する。

わたしは咳払《せきばら》いをひとつした。

「それでね、何か言われた？　クッキーをもらうとき」

「何か、と言いますと？」

「何かって、それは……何かだわ」

大雑把な質問その2。正直、自分で呆《あき》れる。

それでも那智くんは答えてくれた。

「特に何も言われませんでしたよ。次に会ったときにでも食べた感想を聞かせてほしいって。それくらいですね」

「そ、そうなのね」

思わず安堵《あんど》のため息。

どうやら岸さんは、さすがにいきなり告白とはいかなかったようだ。

「どう、那智くん、ああいう子」

「きれいな子でしょ？　大人っぽくて、ちょっと色っぽい雰囲気で。だから、那智くん、意外と好みだったりするかなって」

　わたしは安心した反動か、少し饒舌《じょうぜつ》になっていた。

「いや、僕は……」

「そう？　わたしはけっこういけるんじゃないかと思ったけど？　意外とお似合いじゃないかしら」

　ああ、でも、だからってこんなことが言いたいわけではないのに……。

「名前は岸麻美さん。もし那智くんの気が向いたら、改めて紹介して──」

「そ、それよりもっ」

　堰《せき》を切ったように心にもないことを話しまくるわたしを、那智くんが遮った。

「先輩はどうしたんですか？」

「わ、わたし？」

「クッキー、誰かにあげたりしたんですか？　こういうのって気になる男にあげるって聞きましたよ？」

「ええ、そうみたいね」

　途端に冷静になり、わたしは他人事《ひとごと》のように相づちを打つ。

「でも、いないわ、そんなの」

「どうって？」

そう。これまでずっとそう言ってきた。

じゃあ、今は？

「そう、ですか……」

那智くんがつぶやく。

横目でちらと見ると、彼は複雑な顔をしていた。……もしかして少し期待していたのだろうか？　なら、期待に応《こた》えないと。

「だから、はい」

わたしは鞄からそれを取り出し、隣を歩く那智くんに差し出した。ファンシーショップで買ったかわいらしい紙袋。中にはペーパーナプキンを敷いて、今日作ったクッキーを入れてある。

「えぇぇー!?」

那智くんはしばらく目をぱちくりさせていたが、それが何かを察すると、一拍遅れて盛大に驚いた。足も止まってしまう。

「どうかした？」

わたしも立ち止まる。

そんなに驚かれるとこちらとしても嬉しくなってしまうのだが、それは顔に出さす、さらりと聞き返す。

「いや、だって、これ……」

「ええ、そう。クッキー。わたしが今いちばん仲がいい男の子は、きっと那智くんだもの。……だから、はい」

「あ、ありがとうございます……」

わたしが改めてそれを彼の胸の前に差し出すと、那智くんは壊れやすい硝子《ガラス》細工でも扱うように、おそるおそる受け取った。

「開けてみてもいいですか？」

「ええ」

いちいちこちらが嬉しくなるような反応をしてくれる那智くんに、わたしは頰《ほお》を緩ませながら答える。

彼は、紙袋の口を閉じるために貼《は》られたシールを丁寧に剝《は》がすと、中を覗《のぞ》き込んだ。

「わあ、美味《おい》しそうですね」

「そう言ってもらえると嬉しいわ。お菓子作りもそうだけど、料理もけっこう得意なのよ。今度何かご馳走《ちそう》してあげようか？」

「ぜひ、機会があれば」

那智くんはさっそくひとつ食べようとする。

「ちょっと貸して」

わたしはそこでひとつ思いついて、彼の手から紙袋を取り上げた。中からクッキーを一個摘《つま》み上げる。

「はい、那智くん。あーん」

「い、いや、それはちょっと……」

タジタジの那智くん。

「ダメです。やらないとあげません」

「うあ……」

小さくうめき声。それからあたりを見回す。人目を気にしているのだろう。さほど交通量の多くない道路沿いの歩道。人の姿は少ないし、下校ラッシュを外れたからか聖嶺の生徒もいない。

ここまできておあずけもいやなのか、那智くんは少しヤケになりながら口を開いた。

やっぱりかわいい。

「あー……」

「はい♪」

口の中にクッキーをぽいと放り込む。すると那智くんは、エサをもらったハムスターのようにあぐあぐと噛《か》み——さすが男の子、小さなクッキーなどすぐに食べてしまった。

「美味しいです」

「そう。よかったわ、喜んでもらえて」

率直な感想に、わたしは自然と笑顔になる。

「あぁ、すっきりした。いろいろ損しちゃった」

そうして再び足を前に進めた。足取りは先ほどよりも断然軽い。

「なんですか？」

那智くんも追いかけてきて——当然、問うてくる。

「そうね、悩みすぎはよくないってことかしら。それと——」

「それと？」

「内緒♪」

挙動不審、言ってることも意味不明なわたしに、那智くんは「むぅ？」と首を傾《かし》げた。

悩みすぎはよくない。クッキーを食べてほしいなら、素直に渡せばいい。いちいちサイコロを振って運試しなどする必要はないのだ。

素直になれば、ことは実にシンプルだ。

だから——、
わたしは那智くんが好きだ。

あとがき

『廻《まわ》る学園《がくえん》と、先輩《せんぱい》と僕《ぼく》　Simple《シンプル》 Life《ライフ》』を手に取ってくださり、ありがとうございます。九曜《くよう》です。

初めてわたしの作品に触れる方、初めまして。

ほかの作品ですでにわたしをご存知の方、またお会いできましたね。嬉しいです。

まずは、この作品について。

この作品はもともと『Simple Life』のタイトルで、『I'll《アイル》 have《ハヴ》 Sherbet!《シャーベット》』とともに第1回カクヨムWeb小説コンテストの読者選考を通過したものです。そして、もっと遡《さかのぼ》ればン年前、まだネット小説は個人サイトで公開するのが主流だったころに、わたしにとって大きな転機となった作品でもあります。

具体的に言うと、この作品で一気に読者が増え、多くの方に名前を覚えていただけるようになったのです。

未《いま》だに「『Simple Life』の九曜」と言われることもしばしばです。

それだけに思い入れが強く、いつかは世に出したいと思っていました。

ですので、コンテストでこの作品を支持してくださったカクヨムユーザーの皆様や、古くから応援してくださっているファンの方々には、心から感謝しています。


さて、ここでひとつ宣伝を。

この作品とともに、やはり同じくファミ通文庫様から『佐伯《さえき》さんと、ひとつ屋根《やね》の下《した》 I'll have Sherbet!』の最新巻が刊行されています。二冊同時刊行です。

そちらは多くのファンに支えられ、ついに4巻。ストーリィもひと区切りつくところまでくることができました。この『廻る学園と、先輩と僕　Simple Life』を気に入った方は、ぜひともそちらも手に取ってみてください。


最後に謝辞です。

イラストを引き受けてくださった和遥《かずはる》キナ様、素敵な絵をありがとうございます。本当にわたしにはもったいないです。担当の川崎様、拙作を拾い上げてくださり、ありがとうございました。これで期待に応えられるような結果が出ればいいのですが……。

そして、この作品の完成に関わり、お力添えしてくださったすべての方に心から感謝いたします。本当にありがとうございました。

では、皆様。また会えることを願って。

二〇一八年一月　九曜

九曜先生、

「廻る学園と、先輩と僕」

—Simple Life—

発売おめでとうございます！

Kazuharu Kina

■ご意見、ご感想をお寄せください。……………………………………………

ファンレターの宛て先
〒102-8078　東京都千代田区富士見1-8-19　ファミ通文庫編集部
九曜先生　　和遥キナ先生

■QRコードまたはURLより、本書に関するアンケートにご協力ください。……………………

https://ebssl.jp/fb/18/1658

- スマートフォン・フィーチャーフォンの場合、一部対応していない機種もございます。
- 回答の際、特殊なフォーマットや文字コードなどを使用すると、読み取ることができない場合がございます。
- お答えいただいた方全員に、この書籍で使用している画像の無料待ち受けをプレゼントいたします。
- 中学生以下の方は、保護者の方の了承を得てから回答してください。
- サイトにアクセスする際や、登録・メール送信時にかかる通信費はご負担ください。

FBファミ通文庫

廻《まわ》る学《がく》園《えん》と、先《せん》輩《ぱい》と僕《ぼく》
Simple《シンプル》 Life《ライフ》

く7
2-1
1658

2018年2月28日　初版発行

著　　者　九《く》曜《よう》
発 行 者　三坂泰二
発　　行　株式会社KADOKAWA
〒102-8177 東京都千代田区富士見2-13-3
電話 0570-060-555(ナビダイヤル)　URL:https://www.kadokawa.co.jp/
編集企画　ファミ通文庫編集部
担　　当　川﨑拓也
デザイン　AFTERGLOW(寺田鷹樹)
写植・製版　株式会社オノ・エーワン
印　　刷　凸版印刷株式会社

〈本書の内容・不良交換についてのお問い合わせ〉
エンターブレイン カスタマーサポート　0570-060-555（受付時間 土日祝日を除く 12:00〜17:00）
メールアドレス：support@ml.enterbrain.co.jp　※メールの場合は、商品名をご明記ください。

ISBN978-4-04-735028-1 C0193

定価はカバーに表示してあります。